腹有青史言有章

蒙曼讲古代人物

宋元明清

蒙曼 著

湖南文艺出版社
HUNAN LITERATURE AND ART PUBLISHING HOUSE

·长沙·

小博集
BOOKY KIDS

目 录

萧太后 / 001　　秦良玉 / 081

曹皇后 / 015　　柳如是 / 093

李清照 / 029　　李香君 / 107

严蕊 / 043　　陈圆圆 / 119

梁红玉 / 055　　孝庄太后 / 131

管道升 / 067　　秋瑾 / 143

黄山寿 《松壑鸣泉》 ◎

萧太后

◇

　　我们中国的历史是由各民族共同书写的。历史进入北宋，也进入了和北宋并立、对峙的辽朝。辽朝建国比宋朝还早好几十年[①]，所以，说到宋辽时代的女性，我们先从辽朝讲起。本篇的主人公，是大名鼎鼎的辽朝萧太后。

　　辽朝有一个很有意思的现象，即几乎所有的太后都姓萧。个中缘故，还得从契丹的开国皇帝耶律阿保机说起。本来，契丹民族并没有姓氏。但是到耶律阿保机统一契丹之后，受南边中原王朝的影响，觉得应该有姓氏了。到底姓什么呢？耶律阿保机最仰慕汉高祖刘邦，又最欣赏帮刘邦打天下的宰相萧何。于是他规定，从此之后，皇族都姓刘，后族都姓萧。这样一来，一直跟耶律家族通婚的几大家族就都

[①] 辽太祖耶律阿保机于公元 10 世纪初统一契丹八部，控制邻近的女真、室韦等族。他任用汉人，发展农商，进行改革。916 年称帝，建立契丹国。他的次子耶律德光于公元 927 年即位后（即辽太宗）屡次出兵攻打后唐。936 年借后唐叛将石敬瑭 (táng) 求援的机会取得幽云十六州，并立石敬瑭为晋帝，是为后晋。946 年耶律德光南下灭后晋，947 年改国号契丹为辽。而宋朝建国是在 960 年。

改姓了萧。从辽国建国到灭亡，除了辽世宗的皇后是从后唐抢来的汉人，姓甄（zhēn）之外，其余的皇后都是契丹人，且有十八位姓萧。既然如此，我要跟大家分享哪一位萧太后的故事呢？

我写的不是一位萧太后，而是三位对辽朝历史产生重大影响的萧太后。第一位是辽太祖耶律阿保机的皇后述律平，改姓之后，应该叫萧平。第二位是跟杨家将打仗，也跟宋真宗签订澶（chán）渊之盟①的辽景宗皇后萧绰。第三位是辽道宗的皇后，号称"女中才子"的萧观音。这三位皇后，也恰恰代表着辽朝的兴起、强盛和衰亡。

先看第一位萧太后述律平。这位萧太后是辽太祖耶律阿保机最重要的帮手，她还有一个著名的称号，叫"断腕太后"。怎么回事呢？耶律阿保机是一位雄才大略的君主，一举统一了契丹各部落，又亲征突厥、党项、吐谷浑、渤海等周边政权，建立了一个强大的契丹国。但是，到天显元年（926），他当皇帝十一年之后去世了，儿子耶律德光接班，这可是新生的契丹政权最不稳定的时刻。因为契丹才刚刚完成从贵族制向皇权政治的转化，贵族的势力还很强大。有耶律阿保机这样一位强人在，他们还稍稍服气一些，此刻阿保机死了，孤儿寡妇威望不够，这帮功臣贵族马上就蠢蠢欲动了。搞不好，创建未久的国家就要重新分崩离析。怎么办呢？

---

① 北宋与辽订立的和约。1004年，辽国大军南下深入宋境，一路攻城略地。宋朝的宰相寇準力主抗战，劝宋真宗御驾亲征，宋真宗至澶州（今河南濮阳）督战，宋军士气大振，终于取胜。辽宋双方均无力吞并对方，于是，1005年1月，宋辽签订和约：宋每年向辽送予岁银十万两，绢二十万匹，双方结束战事。因为澶州又名澶渊郡，此次合约便被称为"澶渊之盟"。之后，辽宋双方迎来了一定时间段内的和平。

唐朝末年走向割据分裂。北方相继出现后梁、后唐、后晋、后汉、后周，历史上称为五代。同时，南方和今天山西等地出现吴、南唐等国，历史上合称十国。这便是五代十国时期。

五代十国

·后梁：后梁太祖朱温曾参加黄巢起义，后叛变投降了唐朝，被封为梁王。907年，朱温代唐称帝，建都汴（今河南开封），国号"梁"，史称"后梁"。

·后唐：唐末军阀李存勖（xù）于923年称帝，灭后梁，定都河南洛阳。国号"唐"，史称"后唐"。

·后晋：936年，后唐叛将石敬瑭以割让燕云十六州为条件，勾结契丹借兵灭后唐，在汴（今河南开封）建都，国号"晋"，史称"后晋"。

·后汉：后晋北平王刘知远，趁契丹南下灭后晋时，于947年在太原（今山西太原西南）称帝，改国号为"汉"，史称"后汉"。

·后周：后汉邺都留守郭威，于951年代后汉称帝，国号"周"，史称"后周"。

·宋：960年，后周将领赵匡胤在陈桥兵变中被手下将士们披上帝王才能穿的黄袍（衍生为成语黄袍加身），建立宋朝，史称宋太祖。之后，他结束了五代十国的混乱时期。宋与辽进入并立、对峙阶段。

这时候，述律平出马了。她召集了国中一些大贵族的夫人，对她们说："我现在做了寡妇，你们也应该效法我。"大家一听都觉得莫名其妙，心想，别的先进事迹都可以学习，做寡妇怎么学习呢？述律平也不解释，接着就召见那些最强势的贵族，把他们带到阿保机的陵前，哭得肝肠寸断。这些贵族自然也陪着她落泪。哭完了，述律平问这些贵族："你们想念先帝吗？"那些贵族纷纷回答道："我们受先帝大恩，怎么可能不想念呢？"述律平说："既然如此，你们就下去陪他吧。"话音一落，安排好的刀斧手走了上来，一大批贵族措手不及，就这么糊里糊涂地殉了葬。

有了这一次，就有花样翻新的第二次、第三次。有一天，她又要打发看不顺眼的官员去找先帝，却不料碰上了一个硬茬。这硬茬是个汉人，名叫赵思温。此人很早就投降耶律阿保机，在阿保机的手下担任汉军都团练使，带领汉军浴血奋战，立下汗马功劳。身为汉人，他本来并不想介入契丹内部的争斗，但是，述律平还是觉得他有威胁，也让他去"侍奉先帝"。赵思温是个聪明人，不吃这一套。他说："跟先帝最亲近的人应该是太后您呀，您若是下去侍奉先帝，我就跟您一起去。"这一招厉害吧？等于把述律平逼上了绝路。你的权力都来源于先帝，你如果不愿意去侍奉先帝，那么，你的权力合法性就没有了，大臣也就不必再服从你；可是，你如果愿意去陪伴先帝，那么，你的命就没有了。被将了一军，述律平怎么办呢？她一分钟都没有犹豫，直接拿出一把刀来，朗声说道："我也想下去侍奉先帝，只是皇子还小，还需要我扶持。我暂时去不了，就让这只手替我先去陪伴先帝吧。"说完，手起刀落，把自己的右手齐着手腕砍了下来，直接抛在了朝堂

玉立清秋

北宋 宋徽宗 《鹰》 ◎

之上。这可是货真价实的壮士断腕，一下就把大臣震慑到了。俗话说得好，横的怕愣的，愣的怕不要命的。述律平发起狠来，连命都不要，谁还敢挑战她呢！就这样，述律平基本消灭了可能挑战皇权的贵族，让契丹政权稳定下来。当然，她也就此后退了一步，此后再也没有让大臣去给先帝殉葬。

为什么要给大家讲述律平的故事呢？其实是想说，契丹建国，真有一种无所畏惧的狠劲。这其实就是唐史大师陈寅恪先生所说的"野蛮精悍之血"。正是靠这种野蛮精悍的劲头，契丹才能从一个东北的小部族，发展成一个横跨几千里的大政权。

再看第二位萧太后，此人大名萧绰，小名叫萧燕燕，是辽景宗的妻子，辽圣宗的母亲，她也是我们最熟悉的萧太后。因为她跟杨家将打过仗，又跟宋真宗签订了澶渊之盟，在很大程度上改写了北宋乃至中国的历史。

这位萧太后怎么样呢？如果只看杨家将的故事，你会认为她既狠又蠢。但是，如果你放下民间故事，再去看看历史书，就会发现，这位萧太后既不狠，也不蠢，她几乎就是辽朝的武则天。当年，武则天之所以能够参政，是因为她的丈夫唐高宗长期生病，辽朝这位萧绰也是如此。她的丈夫辽景宗一直是个病秧子，萧绰差不多从十七八岁就开始参决朝政。到她二十九岁的时候，辽景宗一病不起，临终遗诏让十一岁的儿子耶律隆绪继位，军国大事听皇后命令。这不就和唐高宗在遗诏中垂训大臣"军国大事有不决者，兼取天后进止①"是一个道

---

① 这里的天后指武则天，本句意思是军国大事听武则天的就好。

理吗？不过，辽景宗除了让萧绰决定军国大事，还给辽圣宗耶律隆绪安排了两位顾命大臣，一位是契丹人耶律斜轸（zhěn），另一位则是汉人韩德让。这两位顾命大臣的能力当然不容置疑，但是，主少国疑，怎样才能保证他们的忠诚呢？萧绰先使了一招苦肉计。她在两位大臣面前涕泪交流，对他们诉苦："现在咱们大辽宗族强盛，边境也不安宁，真是内外交困。皇帝那么小，我又是一个寡妇，以后该怎么办啊？"两位顾命大臣面面相觑，平时那么强势的皇太后居然也有如此柔弱的一面，真是令人恻隐之心爆棚。他们当即表示："我们一定赴汤蹈火，在所不辞！"

两位大臣都表态了，可是，萧太后还是觉得不踏实。怎么才能真正拴牢他们的心呢？其中，耶律斜轸娶了萧太后的侄女，算是多了一重保障。萧太后就把主攻方向放在了韩德让身上。她对韩德让说："当年，我爸爸曾经想把我嫁给你，谁知后来进了宫，也就错过了这桩姻缘。可是我心里还是忘不了你。现在皇帝也死了，从此以后，你就是我儿子的爸爸了！"这已经不是托付江山，而是连自己都托付给韩德让了！韩德让大为感动，牢牢地接过了这份重托，从此死心塌地，替萧太后出谋划策。而萧太后也让韩德让住进了自己的大帐之中，跟自己同案而食，并排而坐，同帐而卧，哪怕面对北宋的使臣都不避讳。

当时还是北宋第二任皇帝宋太宗时期，听谍报人员汇报这件事，他觉得机会来了。五代时期，石敬瑭为了当皇帝，把燕云十六州割让给了辽朝，这燕云十六州的辖境范围从如今河北北部、北京一直延伸到山西和内蒙古自治区，是一片战略要地。只要这片土地在辽朝手里，他们进入北宋就会势如破竹。这可是北宋的心腹大患，宋太祖也罢，宋太宗也罢，都非常想把它收回来，但是又一直没有机会。现在，辽朝主少国疑，本来就是最虚弱的时候，而他们的国母又如此淫乱，宋太宗觉得，辽朝的宗室也罢，大臣也罢，乃至老百姓也罢，肯定对她恨之入骨。如果自己在这个时候发兵北伐，辽朝定会是一败涂地！就这样，宋太宗下令，分三路大军北伐，其中，西路大军的副统帅就是杨业①，也就是民间所说的杨老令公杨继业。

那么，这次声势浩大的北伐结果如何呢？非常遗憾，宋太宗完全错判了形势。辽朝人的道德观念和宋朝不一样，他们并没有觉得萧太后喜欢韩德让有什么大问题。相反，萧太后还带着韩德让以及小皇帝御驾亲征，把宋朝的三路大军打得落花流水。我们熟悉的杨老令公就是在这次战争中身负重伤，绝食而死的。本来，在此之前，宋朝挟南征北战，统一中原之余威，对辽国一直采取攻势；但是，这次北伐失败之后，双方的关系就变了，宋朝转为守势，辽朝则转为攻势。到宋朝第三任皇帝宋真宗时期，萧太后甚至带着小皇帝辽圣宗一路打到黄河北岸的澶州，也就是今天河南濮阳，让北宋朝野一片惊慌，甚至连宋真宗都被迫亲临前线，鼓励将士誓死抵抗。

不过，萧太后虽然能征善战，却并非只会打仗的战争狂魔。她懂得什么时候发动战争，也懂得什么时候让战争停下来。就在这次澶渊之战后，她审时度势，跟宋真宗签订澶渊之盟，双方的关系稳定下来，辽朝和北宋也因此双双进入自身的盛世。也就是说，萧太后既缔

---

① 他在抗辽过程中负伤被俘，绝食而死。他的事迹被人们广为传颂，慢慢演化为了杨家将的故事。

造了辽朝的盛世，同时，也参与成就了北宋的盛世，这是多么值得骄傲的业绩！澶渊之盟签订四年后，萧太后去世，和辽景宗一起埋葬在乾陵之中，而韩德让也陪葬在萧太后身边，成为整个辽朝陪葬帝陵的唯一一位汉人大臣。此前我不是把萧太后比作辽朝的武则天吗？这两个人不仅能力相似，际遇相似，甚至连陵号①一样，都叫乾陵。虽然萧绰没有当过皇帝，但是她在辽朝参政、执政四十余年，既没有辜负辽景宗托付给她的江山，也没有辜负韩德让奉献给她的爱情，也是一位允文允武、有情有义的女中豪杰。而这，也正代表了辽朝最强盛时代的潇洒风度。

再来看第三位萧太后，萧观音。此人是辽道宗耶律洪基的皇后。萧观音生活的时代，已经是辽后期了。辽朝的汉化程度越来越深，所以，萧观音受到的教育也非常完备，按照史书记载，她工诗，能书，会自制歌词，还擅弹琵琶。这种种才艺几乎已经和北宋的贵族女子并无差别了。她的夫君辽道宗也是一位文化水平非常高的皇帝，此人非常仰慕汉文化，听说大宋仁宗皇帝去世，他面朝南方号啕大哭，给辽宋双方交往的历史留下了最动人的一幕。不仅如此，辽道宗还给自己铸了两尊佛像，上面铭刻着"愿后世生中国"，对中原文化的孺慕②之情溢于言表。如此文质彬彬的皇帝和皇后，本来应该情投意合吧？最初确实如此。

辽道宗是一个融合了汉和契丹两种文化特点的人。他除了喜欢诗文，还喜欢打猎。萧观音也和他一样，能文能武。早年的时候，二

① 陵号指皇帝及皇后陵寝（即陵墓）的名号。
② 本指孩子爱慕父母，后多指对人或者事的依恋爱慕之情。

人经常一起打猎。有一次，二人到伏虎林，也就是今天内蒙古的巴林右旗打猎，忽然想起先辈的一个典故来。什么典故呢？当年，辽景宗也曾经到这里打猎，有一只猛虎慑于皇帝的天威，居然伏在草丛中瑟瑟发抖，从此这里就改名叫伏虎林。辽道宗想起祖宗的功业，就对萧观音说，皇后既然能诗，何不就这个主题赋诗一首？萧观音略一思索，当即口占一绝，题为《伏虎林应制》。诗云："威风万里压南邦，东去能翻鸭绿江。灵怪大千俱破胆，那叫猛虎不投降。"什么意思呢？皇帝威风万里，向南能够压倒文质彬彬的宋朝，向东则能掀翻波涛滚滚的鸭绿江。大千世界的妖魔鬼怪都被皇帝吓破肝胆，区区一只猛虎，又怎么可能不投降！这首诗的风格，是不是相当能够体现契丹女性的气派？诗句可能不够精美雅致，却桀骜刚猛，气吞山河，真有汉高祖刘邦《大风歌》[1]的气派。正因为如此，她才被自己的夫君誉为"女中才子"。想想看，这称号是不是比唐玄宗送给杨贵妃的"解语花[2]"更加大方尊贵？

可是，好梦不长。辽道宗太喜欢打猎了，为了能够尽情打猎，他干脆把朝政交给大臣耶律乙辛，耶律乙辛也因此权倾朝野。而萧观音不仅是个才女，更是一个有政治责任感的好皇后，她经常劝谏辽道宗，不要田猎无度。可是，辽道宗就像大多数皇帝那样，只喜欢听好话，不喜欢听坏话。萧观音劝得多了，辽道宗就对她冷淡下来。写诗的

---

[1] 《大风歌》里能读到刘邦的帝王气象，他写道：大风起兮云飞扬，威加海内兮归故乡，安得猛士兮守四方。

[2] 善解人意的花。

女子总是感性的，眼看辽道宗对自己越发冷淡，萧观音也非常难过。她不是会自制歌词吗？就写下十首《回心院》，表达自己的悔过之情，希望重回辽道宗身边。可是，辽道宗已经不见她了，她这番心意怎样才能让辽道宗知道呢？当时，辽朝有一位宫廷乐师名叫赵惟一，弹得一手好琵琶，而且擅长谱曲。萧观音就把赵惟一招到身边，让他给自己的歌词谱曲，还跟他对弹琵琶，打算练好了，再弹唱给皇帝听。这本来是一番和好之意，可是，萧观音没想清楚，作为一个失宠的皇后，和伶人①私自交往是犯忌讳的。这忌讳有多严重呢？如果是重视"严男女之大防"的汉人政权，当然会更在意一些，不过，辽朝毕竟是少数民族政权，礼教本来没有那么森严。所以，这个不妥当的程度其实是可轻可重。

然而不幸的是，这件事被人利用了。谁呢？就是权臣耶律乙辛。萧观音劝皇帝不要把朝政交给他，早就令他恨之入骨。此刻发觉萧观音犯了这么一个错误，他立刻行动起来了。耶律乙辛让人写了一组诗，都是五言绝句，分别吟咏女人的头发、面颊、脖子等十个部位，写得特别香艳，而且每一首都以香字结尾，所以就叫《十香词》。写好之后，他派一个宫女拿给萧观音看，谎称这是宋朝皇后所写，撺掇萧观音手书一份，让两朝皇后的作品珠联璧合，这多有趣！说起来，辽朝真是仰慕宋朝的文化，萧观音又是个天真的人，她并没有多想，就真的抄了一份。可以想象，这样的一份手稿如果流传出去，确实显得皇后不够端庄娴雅，但也算不上大错，不会引起太严重的后果。问题是，这《十

---

① 古代的乐人、歌舞或戏剧演员都被称为伶人。

香词》本来就是耶律乙辛陷害萧观音的武器，他怎么可能让它只发挥那么一点作用呢？

很快，耶律乙辛就拿着这份手写的《十香词》去觐见辽道宗，而且，随同这份手稿一起奉上的，还有一首《怀古》诗。"宫中只数赵家妆，败雨残云误汉王。惟有知情一片月，曾窥飞燕入昭阳。"什么意思呢？宫里的人都只数落赵飞燕新奇的梳妆，说她本来是残花败柳，却诱惑了大汉的皇上。只有那一片明月是知情者，它曾经看着赵飞燕当年不情不愿地走进了昭阳殿。很明显，这是一篇翻案之作，对赵飞燕给予无限同情。

这首诗有问题吗？我们似乎看不出什么问题来，顶多是有点怨气而已，暗示在宫中并不快乐，而且还会遭人诽谤。但是，耶律乙辛可不是这么解释的。他说，这首《怀古》足以证明，皇后和赵惟一有奸情！为什么呢？因为这《怀古》诗中，分明藏着赵惟一的名字啊。"宫中只有赵家妆"藏着一个"赵"字，"惟有知情一片月"又藏着"惟一"两个字，合起来不就是赵惟一吗！那《十香词》又是什么呢？香艳的《十香词》，就是皇后写给赵惟一的露骨情诗！这是多么清奇的联想，又是多么深重的诽谤啊。

辽道宗是个心胸狭窄又脾气暴躁的人。他一听之下，勃然大怒，也不分青红皂白，就勒令萧观音以白绫自尽。这还不够，辽道宗还命人以苇席裹尸送还萧家，表示自己跟她恩断义绝。一代皇后，就这样含冤而死，年仅三十五岁。直到她的孙子天祚（zuò）帝上台，才又重新追封她为皇后。而天祚帝，已经是辽朝最后一代皇帝了。换言之，萧观音之后的辽朝，也就走向了无可挽回的衰亡。

可能读者朋友会说，这样的人物，我们见多了。汉朝的班婕妤[①]，曹魏的甄皇后[②]，不都是先得宠，后失宠，信而见疑，忠而被谤，甚至赔上了一条性命吗？确实，这种中国古代女性的无力感其实不分朝代，也不分民族。但是，抛开这些属于古代女性的共性，我还是觉得，辽朝的萧太后们有一些分外独特的魅力，她们身上那种壮士断腕的气魄，那种收放自如的气度，那种"东去能翻鸭绿江"的气概，恰似吹过广袤北方的一阵雄风，令人振奋不已。她们的人生汇入了波澜壮阔的中华历史，她们的精神也让中华历史变得格外波澜壮阔，气象万千。

【思考历史】

◇ 历史上，人们对于澶渊之盟的评价各不相同。有人认为澶渊之盟丧权辱国，也有人认为澶渊之盟带来了和平。你怎么看？

◇ 大辽为什么能攻入宋朝，逼迫宋朝签订澶渊之盟？他们的军事实力为何很强？和他们的民族以及生存环境有什么关系吗？

[①] 班婕妤有"却辇之德"，是公认的有品德，规劝帝王做仁君明君的好妃子。她曾被汉成帝宠爱，但赵飞燕姐妹的出现，让她被汉成帝怀疑，冷落，最终孤苦一生。

[②] 甄夫人是曹丕的妻子，素有德行。但最终因为郭女王的出现，她被怀疑、被诽谤，曹丕最后以口出怨言为罪名，将甄夫人赐死。

黄山寿 《青绿山水》 ◎

曹皇后

◇

历史的时间序列上，与辽朝的承天皇太后萧绰并列的，应该是北宋仁宗[①]的曹皇后。

前几年，很多读者朋友都看过一部电视剧《清平乐》，那里的男一号宋仁宗是那么温润如玉，女一号曹皇后也那么贤良淑德，真是"窈窕淑女，君子好逑（qiú）"。只可惜，这么一对璧人却偏偏未能擦出爱情的火花，从头到尾都只是举案齐眉，相敬如宾，看了又不免让人气闷。电视剧虽然有艺术创作的成分，但大体方向却不错。在中国古代的各个王朝中，北宋是一个特别文质彬彬的时代。无论是皇帝还是皇后，都那么温良恭俭让，以至于在历史上留下的印迹都相对模糊。拿皇帝来说吧，给大家留下鲜明印象的，都是汉武帝、唐太宗那样的大英雄，或者是秦始皇、隋炀帝那样的大暴君，相比之下，克己复礼的宋仁宗就显得苍白了不少。皇后也是如此，吕太后、武则天这样的旷世女杰就不必说了，就拿上一篇的三位萧太后来说，哪一个不是性格鲜明，神采飞扬？可是，到北宋曹皇后这里，调子却

———————————

① 宋仁宗是宋真宗（与辽签订澶渊之盟）的儿子。

一下就低了下去。低到大部分人根本就不知道她的存在。可事实上，曹皇后不仅是宋仁宗的皇后，宋仁宗去世之后，继位的宋英宗病重，她又以皇太后的身份垂帘听政。直到宋英宗的儿子宋神宗时代，她还以太皇太后的身份继续发挥着政治影响力。可是，一个本该像红太阳一样的人，却并没有散发出咄咄逼人的气息，而是活成了一抹温柔的白月光。她是怎么做到的呢？曹皇后有自己的处世之道。这个处世之道，用一个字形容，叫"退"；用两个字形容，叫"本分"；用四个字形容，叫"弱德之美"。

曹皇后是怎么退的呢？她当皇后的时候退避妃子，当太后的时候退避大臣，当太皇太后的时候退避孙子。

先看退避妃子。她退避的人是宋仁宗的宠妃张贵妃。曹皇后是将门虎女，又饱读诗书，尤其擅长写飞白书①。按道理讲，这样兰心

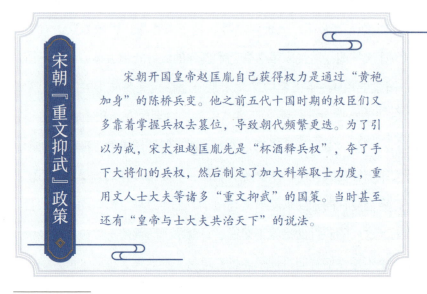

宋朝『重文抑武』政策

宋朝开国皇帝赵匡胤自己获得权力是通过"黄袍加身"的陈桥兵变。他之前五代十国时期的权臣们又多靠着掌握兵权去篡位，导致朝代频繁更迭。为了引以为戒，宋太祖赵匡胤先是"杯酒释兵权"，夺了手下大将们的兵权，然后制定了加大科举取士力度，重用文人士大夫等诸多"重文抑武"的国策。当时甚至还有"皇帝与士大夫共治天下"的说法。

---

① 书法的一种，笔画中会有一丝丝的露白，就像用枯笔写成的样子。

蕙质的皇后，应该是无可挑剔了吧？可惜，宋仁宗偏偏不喜欢她，却宠幸一个出身低微的张贵妃。出身低微限制了张贵妃的教养，得宠又助长了张贵妃的傲慢，一个缺乏教养而又举止傲慢的人最容易做出出格的行为。有一次，为了显示威风，张贵妃竟然想要打着皇后的仪仗出游。要知道，仪仗可不仅仅是花哨的摆设，仪仗的背后，是中国古代的礼乐制度，而礼乐制度的背后，又是森严的身份等级。一个贵妃用皇后的仪仗出行，这不就是对皇后身份最大的挑战吗！这样违背礼制的事情，连宋仁宗都不敢答应。可是，张贵妃又撒娇使性，跟宋仁宗闹。怎么办呢？宋仁宗就让张贵妃自己去找曹皇后借。这其实是一种很不地道的踢皮球行为，按照宋仁宗的小算盘，曹皇后肯定不会答应。这样一来，张贵妃既做不成没规矩的事，又怪不到他头上，这不是两全其美吗？张贵妃头脑简单，还真就去了。不料曹皇后听完之后，不仅没有反对，甚至连一点不高兴的神色都没流露出来，大大方方就把仪仗借给了她。这是退避妃子。

再看退避大臣。到宋英宗①时代，曹皇后已经成了曹太后。宋英宗身体一直不好，当皇帝没多久就卧床不起，只好让曹太后临朝称制。北宋太后临朝是有传统的，曹太后的婆婆刘太后刘娥②就曾经临朝称制十二年，不仅身穿龙袍接受皇帝和大臣的朝贺，还身穿皇帝的衮服

---

① 宋仁宗的儿子先后夭折，没有子嗣继承大统，于是过继了宗室之子，便是宋英宗。
② 宋真宗的皇后。1033年，刘太后去太庙祭祀，身穿的皇帝衮衣去掉了两种纹样；不戴剑；头戴的仪天冠则把帝王的十二旒（前后各十二条珠玉串）改为十旒，以此和天子的进行区别。同年，刘太后去世。

北宋

· 960 年，陈桥兵变，赵匡胤建立宋朝，取代后周，是为宋太祖。

· 961 年：宋太祖杯酒释兵权，巧妙解除诸位大将兵权，加强了皇权的统治。

· 1005 年，宋与辽签订澶渊之盟。

· 1043 年，宋仁宗庆历年间，范仲淹等人和皇帝一起开始推行庆历新政，希望解决宋朝的内外问题，但最终失败。

· 1069 年，宋神宗任王安石为参知政事，次年为宰相，为继续解决宋朝内外问题，开启王安石变法。最终变法失败。

· 1127 年，金军攻陷东京（今河南开封），俘虏宋徽宗和宋钦宗，北宋灭亡。

主持太庙祭祀，就差没当皇帝了，堪称宋朝的武则天。可是，虽然有例可循，曹太后却并没有向刘太后看齐，她临朝称制根本不进正殿，而是在东门小殿听政。这还不算，大臣们奏事，如果有不同意见、矛盾上交，曹皇后总是说："我见识短浅，无法做出这么重要的决断，你们再商量一下，商量出一致意见再说。"这是退避大臣。

再看退避孙子。所谓退避孙子，说的已经是宋神宗时代的事了。曹皇后无宠，自己并没有生出一男半女，所以，宋英宗并不是她的亲儿子，只是她的养子。不过，儿子虽然不是亲儿子，到孙子一辈可就和亲孙子一样了。曹太皇太后特别疼爱孙子，每次宋神宗退朝晚了，她都要到宫门口翘首等待，还经常做了好吃的给他送去，跟民间的老奶奶并没有什么区别。宋神宗对曹太皇太后也非常孝顺，经常哄着她出门游玩，而且每次出行，都要亲自搀着老太太。除了游山玩水，还有什么能让老太太高兴呢？宋神宗想来想去，觉得曹太后富贵已极，一般的玩意儿都入不了她的眼。只是她少小离家，进入后宫，从此跟娘家疏远，这是一大憾事。大家看《红楼梦》都知道，贾府的大小姐贾元春虽然封了贤德妃，享受荣华富贵，但是，每次一想到骨肉分离，都要黯然伤神。可是，贾元春还能回家省亲呢，而曹皇后不仅自己没有回过娘家，还坚持不让外家男子入宫拜谒，所以自从当皇后以来，她就没见过自己的亲弟弟。她弟弟是谁呢？此人名叫曹佾（yì），就是民间神话八仙过海里的那位曹国舅①。只不过，曹国舅真实的身份并不是神仙，而是宋神宗手下的一个大臣。神宗觉得，太皇太后已经是风烛残年，曹佾也日渐衰老，再不见，今生就见不着了。既然如此，自己为什么不创造条件，让奶奶自由自在地跟娘家弟弟聊聊天呢？于是，宋神宗就带曹佾进了宫。姐弟俩都差不多半个世纪没见过了，一见之下，感慨万千。宋神宗觉得，自己虽然是晚辈，但毕竟也是皇帝，而曹佾是大臣，有自己在身边，姐弟俩多少有点放不开。于是，就起身避开了，岂料曹太皇太后一看宋神宗走了，马上对弟弟说："这里是皇帝的后宫，不是你应该待的地方，不能因为我坏了皇帝的规矩，

---

① 相传曹国舅仗势作恶，最后幡然醒悟，散尽家财，转而修道。最后和汉钟离、吕洞宾一起成为八仙中的一仙。

你赶紧走吧。"这就叫退避孙子。

可能有的读者朋友会说，原来所谓退避，就是软弱可欺啊。是不是呢？却又不是。就拿退避妃子来说吧，曹皇后把仪仗借给张贵妃，张贵妃到底用没用呢？她没敢用。因为宋仁宗出面阻拦了。宋仁宗本来是踢皮球，可是，一看曹皇后真把仪仗借给张贵妃，宋仁宗又傻眼了。众所周知，北宋的谏官①最较真，包拯曾经面对宋仁宗大吵大闹，把口水都喷到了仁宗的脸上。如果仁宗真让张贵妃用皇后的仪仗出行，谏官可就不是喷口水这么简单了，他们还不得用口水把自己淹死啊！怎么办呢？既然曹皇后唱了红脸，主动退避三舍，那宋仁宗就只好唱白脸了，他说："国家的礼仪章法，上下是有秩序的，你用皇后的仪仗出游，大臣肯定议论纷纷，还是算了吧。"这样一来，张贵妃也只好作罢。

再看退避大臣。曹皇后万事不拿主意，就如同泥塑木雕一般，大臣们会不会因此糊弄她？也不会。别看曹太后不拿意见，她的记性可好。每天大臣给她的奏报多达好几十件，她都能一一记住。而且，一记住还就忘不了。日后大臣提起这件事，无论时隔多久，她都能迅速梳理出来龙去脉，如果哪位大臣说的话前后矛盾，曹太后三问两问，就能把人问得汗流浃背。想想看，面对这样一位心明眼亮而又一声

---

① 台谏有点像我们现在的监察官，对官员进行监察，避免官员有违规违纪行为。在宋朝时，为防止宰相滥用权力，宋朝更改了台谏官员的隶属关系，让他们不再是宰相的下属官员，而是和政府系统变成平行关系，不受宰相掌控，可以独立地对政策和官员进行弹劾和谏言。现任宰相的亲属、门生都不可以担任台谏官。宋朝宰相因为被台谏官弹劾而丢掉职位的情况十分常见。

佚名
《宋仁宗后坐像》◎

不吭的皇太后，臣子们的压力得多大啊。只能祈祷自己千万别出错，反倒不敢打什么欺上瞒下的歪主意。

再说退避孙子。奶奶如此德高望重，尚且这样谨慎，神宗作为孙子，又岂敢在后宫乱了章法？所以说，退避不是软弱可欺，它既是美德，也是智慧。

曹皇后固然谦逊退让，但她也有坚守的东西，坚守的是什么呢？就是本分。所谓本分，就是皇后的本职工作。皇后是个政治身份，她有两份本职工作，一个是稳定后宫，这是显性工作；还有一个是心怀朝局，这是隐性工作。曹皇后坚守的，正是这两个本分。

先看稳定后宫。在仁宗时代，曹皇后经历过一次变故，叫坤宁宫事变。庆历八年（1048）正月十八那天，宋仁宗难得地在曹皇后的坤宁宫留宿。半夜的时候，忽然听到外面传来惨叫之声，还有火光冲天而起。宋仁宗赶紧起身，问外面是怎么回事。宦官怕惹事，就含糊应对说："可能是老妈妈打小宫女呢。"曹皇后一听就火了，厉声道："这分明是有人在杀人放火，你遮遮掩掩，不是要误了大事吗？"听到这话，宋仁宗就想出去看看。曹皇后马上把他拦住了，劝谏道："外面情况不明，官家①千万不能出去。不仅不能出去，一会儿还要把殿门锁死，让人轻易不能进来。"但是，宫里这么多人，也不能都坐在里面等死。怎么办呢？曹皇后迅速把宫里的宦官组织起来，亲手剪掉他们的头发，对他们说："事态危急，你们出去看看情况，相机行事。明天论功行赏，就以头发为证！"打发走这批宦官，她又让留下来的

---

① 在《晋书》中便有用"官家"称呼皇帝的用法，在宋朝时这种称谓很流行。

宦官和宫女赶紧准备水，一会儿若是有人到坤宁宫点火，点一处就浇灭一处。这么一安排，整个后宫顿时就有了遵循。这场变乱结果如何呢？其实有点出人意料，一共只有四个侍卫犯上作乱，算是虚惊一场。但是，尽管如此，曹皇后的表现还是相当可圈可点。这就是尽稳定后宫的本分。

当然，有本领的好皇后不仅仅能够稳定后宫，她还必须心怀朝局。可是，皇后不干政是中国古代的一项基本原则，曹太后甚至在临朝称制的时候都不发表意见，那还怎么心怀朝局呢？举一个例子吧。宋神宗时期，不是重用王安石，变法图强吗？可是当时朝中还有相当多的人反对变法，大文豪苏轼就是其中之一。这样一来，他也就成了新党的眼中钉，肉中刺①。元丰二年（1079），苏轼从徐州调到湖州，担任知州。这种调动，按照惯例都要给皇帝上谢恩表。苏轼在《谢恩表》里说陛下"知其愚不适时，难以追陪新进；察其老不生事，或能牧养小民"。什么意思呢？陛下知道我太蠢，不合时宜，难以跟上时代步伐，奉陪新党；但是，也知道我老了，不生是非，才让我管理湖州的小民百姓。很明显，这是在发牢骚，但也只不过就是发牢骚而已，并不是什么大问题。问题是，掌权的新党正想整他呢，于是就借题发挥，把他之前写的很多诗文都搜罗到一起，说他一贯攻击朝廷，反对新法。怎么处理呢？他们把苏轼抓了起来，关在御史台的监狱里，

---

① 王安石认为必须通过改革变法才能让宋朝国富兵强，但司马光持反对意见。朝臣们分别战队王安石和司马光，相互排挤倾轧，形成了新旧党争，给宋朝带来了恶劣的影响。

打算判处死刑。这就是文学史上大名鼎鼎的"乌台诗案[①]"。这件事传到曹皇后的耳朵里了,她本人属于保守派,是同情苏轼的。可是,身为太皇太后,她又不能干政。怎么办呢?曹皇后对神宗皇帝说:"当年你爷爷仁宗皇帝在殿试中取中苏轼兄弟,特别高兴,回来就对我说:'我为子孙们找到了两位好宰相。'听说现在苏轼因为作诗而被关进监狱,可别是有仇人害他吧?再说,文人们写诗本来就比较随便,要是从诗句里挑错,这也太小题大做了吧?我的病已经很重了,还请皇帝别因为冤枉好人而伤了中和之气。"这番话说得真有水平。一句也没提政治观点、新旧党争,只是跟神宗讲他爷爷当年对苏轼的欣赏,又讲自己生病了,想要积点福报。这不是说教,而是说情,说得宋神宗都流下了眼泪,终于轻判了苏轼。如今苏轼的粉丝特别多,可是大家一定要知道,苏轼的主要作品都是乌台诗案之后写的,也就是说,曹皇后通过自己的努力,给我们留下了一个大文豪,这是多么大的功劳啊!可是,对曹皇后来说,这仍然只不过是本分而已。

当年,宋朝人评价宋仁宗,说他诸事不会,就会做官家。这个"就会做官家",其实就是守本分。现在我们说曹皇后守本分,那也就是身为皇后最大的贤德了。只可惜,这帝后二人的品性太像了,像到如同电源的同一极,那就不是异性相吸,而是同性相斥了。坤宁宫事变之后,宋仁宗宁可褒奖一路狂奔,泪流满面地跑到自己面前,说死也

---

① 苏轼因为反对王安石变法,被调到湖州,于1079年遭到新党(即变法的拥护者)弹劾,被诽谤他到任湖州后给皇帝写的谢恩表里,用语在暗讽朝政。最终,苏轼被下御史台(乌台)问罪。这一案件被称为"乌台诗案",这也是历史上文字狱的典型案例。

死在一起的张贵妃，也不愿意奖赏处乱不惊，却又真正护驾有功的曹皇后，让我们在一千年之后都忍不住为曹皇后鸣不平，而曹皇后也只是一笑置之，让习惯看宫斗戏的人很是不爽。

可能读者朋友会说，儒家的礼教不就是教女人逆来顺受吗？特别是宋朝以后，对女性的束缚越来越厉害。曹皇后的退让也罢，本分也罢，其实都不过是心甘情愿地当弱者罢了！是不是呢？又不尽然。这几年，叶嘉莹先生发明了一个词，叫"弱德之美"。她说："弱德不是弱者，弱者只趴在那里挨打。弱德就是你承受，你坚持，你还要有你自己的一种操守，你要完成你自己，这种品格才是弱德。"这个说法特别耐人寻味。其实，不仅曹皇后体现着弱德之美，她的丈夫宋仁宗吃到沙子也不声张，生怕御厨房的人受处分，这也是弱德之美。再往远里说，唐太宗纳谏是弱德之美，汉景帝节俭①还是弱德之美。甚至，我们整个中华文化的特征就是屈己尊人，克己复礼，这都是弱德之美。弱德培养出来的不是弱者，恰恰相反，能够承受打击，不断完善自己的人，都是真正的强者。遥想当年，宋辽对峙，北边有萧太后横刀立马，南边有曹太后克己复礼，看似一强一弱，可也如同太极图的阴阳鱼一样，相互转化，生生不息。《周易》所谓"天行健，君子以自强不息；地势坤，君子以厚德载物"，说的正是这个道理。

曹皇后去世之后，唐宋八大家之一的曾巩曾经给她写过挽诗。曾巩的诗一直不如文章有名气，这首诗的传播也并不广泛。但是，诗

---

① 汉文帝和汉景帝在位期间，节俭爱民，减少赋税，推行休养生息的政策，为汉朝积淀了一定的国力财富，也为汉武帝征伐天下奠定了基础，被称为"文景之治"。

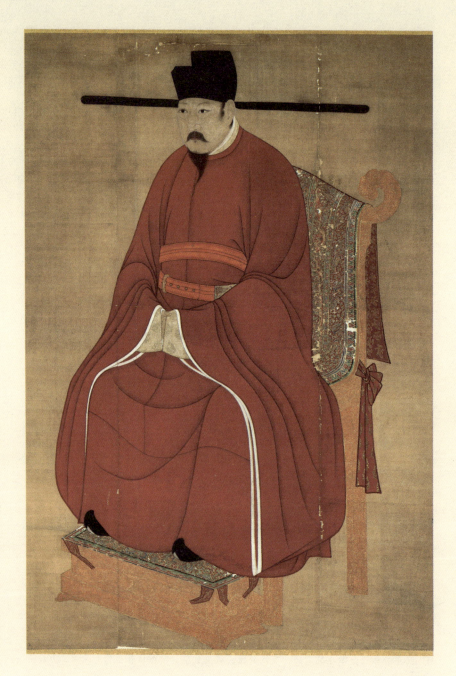

佚名 《宋仁宗坐像》◎

中有这么一句评价却非常到位："人伦风化归三世，王室功劳属两朝。"什么意思呢？说曹皇后对人伦风化的带动，可以影响祖孙三代；而她对皇室的辅助功劳，又护佑了宋仁宗和宋英宗两朝。不是每一个女性都能有辅佐皇室的机会，有机会而不滥用，有能力而不跋扈，以弱德之美成就强者之志，这样的皇后，值得赞美。

【思考历史】

◇ 去看看王安石变法的内容？有哪些效果，又有哪些不足？

◇ 王安石变法引发了新旧党争，你如何看待新旧党各自的观点？

◇ 商鞅变法、王安石变法、戊戌变法、洋务运动……历史上有很多次变法。变法成功的是因为什么？变法失败的又是因为什么？

◇ 苏轼因为乌台诗案被一路贬到黄州、惠州、儋（dàn）州。他还因此自嘲写下了"问汝平生功业，黄州惠州儋州"的诗句，意思是，你要是问我这辈子有什么成就？那就是我被贬官到黄州、惠州、儋州。他被贬官时曾在黄州（治今湖北黄冈）东坡上居住，因此自称东坡居士，于是，有了我们熟悉的苏东坡。苏东坡很多名篇都是在被贬后创作的，读一读这些诗，说一说好在哪里？被贬的经历给苏东坡的精神境界带来了怎样的改变？

明 文从简 《水面闻香》 ◎

李清照

近年来有一个很流行的话题，叫名媛。本文就借千古第一才女李清照，来聊聊什么是真正的名媛。

古代和今天不一样，今天的名媛或许还可以白手起家，但是，古代的名媛，却必须有良好的家世背景。比如，东晋的谢道韫，那是大名鼎鼎的名媛，而她的背后，是更加大名鼎鼎的王谢家族。再比如，本文的主人公李清照，她的父亲李格非是苏轼的学生①，官至礼部员外郎，母亲是仁宗朝状元王拱辰的孙女。在这样的家庭里长大，李清照从小饱读诗书，而且很早就有名气。他父亲的师兄，苏轼的大弟子晁补之曾经多次在当时的文人圈子里提起她，说她工诗善文，才力华赡，逼近前辈，近世罕有。中国古代有名气的妇女并不算少，但绝大多数都是在成年以后，以贤妻良母的身份为人所知。能够在未嫁的少女时代就暴得大名的，恐怕也只有两个人，一个是谢道韫，

———————

① 北宋诗人黄庭坚、秦观、晁（cháo）补之、张耒（lěi）四人因为苏轼的赏识、赞誉而知名于天下，被人们称为"苏门四学士"。之后的李格非、廖正一、李禧（xǐ）、董荣，则被人们并称为"苏门后四学士"。

另一个就是李清照。谢道韫的名气，靠的是一句风雅的议论：白雪飘飘何所似？未若柳絮因风起。李清照的才华又是怎么表现出来的呢？她留下的诗文可比谢道韫多多了。比如，我们中学课本学过的《如梦令^①·常记溪亭日暮》："常记溪亭日暮，沉醉不知归路。兴尽晚回舟，误入藕花深处。争渡争渡，惊起一滩鸥鹭。"我时常记起那一次，在湖边亭子里喝酒一直喝到薄暮，天又黑，人又醉，竟然找不到回家的路。尽兴而归的我们，划着小船摇摇摆摆，居然划进了荷花深处。为了钻出荷花荡，我们拼命地划呀划，河滩上扑棱棱飞起了一群鸥鹭。怎么样？这个胆大活泼的少女，像不像《红楼梦》里的史湘云？史湘云喝醉了，不过是嘴里嘟囔着酒令，酣眠芍药茵，而李清照呢？居然能撑起长篙，把小船划进了藕花深处。贾府八月十五过中秋节，林黛玉和史湘云两人在凹晶溪馆联诗，正好一只鹤从水面飞过，林黛玉胆子小，说：敢是个鬼罢？史湘云胆子大，说："我是不怕鬼的，等我打他一下。"她这么一打，白鹤惊飞，还引出了揭示两位小姐命运的两句诗文：一句是"寒塘渡鹤影"，影射史湘云的日后遭遇；另一句是"冷月葬花魂"，影射着林黛玉的早逝结局。这真是特别有趣的写法。而李清照呢？她也惊动了一滩鸥鹭，也引发了一阕小令^②，这阕小令可比贾府两位小姐的诗要开朗多了。"争渡争渡，惊起一滩鸥鹭"，

---

① 《如梦令》是词牌名。词最初是用来唱的，词牌就是填词时用的曲调的名字。所填的词的句子长短、字数多少、平仄押韵等，都需要合乎相应曲子的要求。《如梦令》原名《忆仙姿》，相传是后唐庄宗的自制曲。因其中有"如梦，如梦，和泪出门相送"一句，苏轼便将其改名为《如梦令》。还有人将这一曲命名为《宴桃源》等。
② "小令"指篇幅短小的词。

能写出这样作品的少女，不是林黛玉那样的弱柳扶风，倒像是活泼好动、灵秀开朗的史湘云，是个英姿飒爽、落落大方的大家闺秀。

这样的美少女打动了一个少年郎，这位少年郎名叫赵明诚。赵明诚是尚书右仆射赵挺之的儿子，当时还在太学读书，相当于现在的大学生。他早就读过李清照的诗词，对这位才女仰慕不已。可是古代讲究"男女授受不亲"，他再仰慕，也无缘得见。怎么办呢？根据元朝一本笔记小说《琅嬛（láng huán）记》的记载，正好这个时候，赵明诚听说，爸爸赵挺之要给自己说亲了。赵明诚就对爸爸说他梦见一本书，书上写着三句话："言与司合，安上已脱，芝芙草拔。"他不明白什么意思，特来请教父亲。这三句话到底是什么意思呢？这其实是一个

词的诞生比诗晚，有说法称词萌芽于隋唐之际，与燕乐的盛兴有关（也有说法称词萌芽于南朝），形成于唐代，盛行于宋代。所谓燕乐也被称作"宴乐""䜩乐"，指天子及诸侯宴饮宾客时所用的乐舞，一般采自民间俗乐，以别于雅乐。

另外，古代的词，都是为了合乐歌唱。因此都有个词牌名（类似曲调名），文人们需要配合着曲调的节奏和韵律去填词，因此唐、五代时多称词为"曲""杂曲""曲子词"。词体的句子长短不一，故也称"长短句"。

词和诗有什么不同？

字谜。"言与司合",打一个"词"字。"安上已脱",打一个"女"字。"芝芙草拔"呢?是指把"芝"和"芙"两个字的草字头去掉,那不就是"之夫"吗?所以三句话连起来看,就是"词女之夫"。在当时,有谁当得起"词女"的美誉呢?当然是李清照。赵挺之看到儿子的字谜,微微一笑,心里想:原来臭小子看上李格非家的姑娘了,居然还跟我玩这种把戏!赵李两家都是山东人,又门当户对,何乐不为呢?于是,赵挺之就顺着儿子的意思向李格非求婚,从此,也就有了中国文学史上最美满的一对佳偶——李清照和赵明诚。这个小故事自然不能完全当真,但是,它仍然告诉我们,赵李两家本来是门当户对,大有渊源的。这就是我要说的第一个问题,古代的名媛,必须有良好的家世背景,就像李清照,虽然不是像谢道韫那样出身累世相承的高门大族,但是,她是士大夫之女,又是士大夫之媳,还是士大夫之妻,这是那个时代名媛的基础条件。

那么,是不是只要出身好,就能叫名媛呢?却又不然。名媛还得有一个必不可少的自身条件,叫作有雅趣,或者按照现在的说法,有高雅的精神追求。李清照有两大雅趣,一个是属于自身天赋的,就是作诗填词;还有一个,是跟赵明诚结婚之后慢慢培养起来的,叫作金石学。

先说作诗填词。大家都知道,《红楼梦》里,那些诗情画意的小姐最喜欢下雨下雪,这样的天气变化会让他们更有诗兴。李清照也是如此。比如,我们都熟悉的那首《如梦令·昨夜雨疏风骤》:"昨夜雨疏风骤,浓睡不消残酒。试问卷帘人,却道海棠依旧。知否知否,应是绿肥红瘦。""卷帘人"是谁?有人说是侍女,也有人说,就是憨厚的赵明诚。昨天夜里，雨点稀稀疏疏，风却刮得急骤。一宿的浓睡，也未能抵消傍晚喝的那顿好酒。懒懒地问那卷帘人，院子里的海棠还好吗？她（他）却说，海棠依旧。傻瓜呀，你可知道，经过这么一夜的风雨，一定是绿叶更肥，红花更瘦。女词人的心灵，果然是比那卷帘人要敏锐吧？一句"绿肥红瘦"，说出了对春天的几多珍重，几多怜惜！这还只是下雨。如果遇到下雪，李清照就更兴致勃勃了。她会到远远的郊区去踏雪寻梅，当然，每次都少不了要赵明诚陪伴。这样一来，赵明诚可辛苦了，一边要扶着夫人赏雪，一边还要琢磨晚上的家庭作业怎么写。怎么会有家庭作业呢？根据笔记小说的记载，李清照每次赏完雪，都要写诗，而且还要赵明诚唱和。可是，赵明诚并不太擅长此道，所以，难免会愁眉苦脸，兴味索然。这不就跟如今让小学生写春游有感是一个道理吗！

当然，有的时候，赵明诚的斗志也会被激发起来，努力跟夫人争一个高下。有一年重阳，赵明诚在外地做官，李清照"每逢佳节倍思亲"，就写了一首《醉花阴·重阳》寄给他："薄雾浓云愁永昼，瑞脑销金兽。佳节又重阳，玉枕纱厨，半夜凉初透。东篱把酒黄昏后，有暗香盈袖。莫道不销魂，帘卷西风，人比黄花瘦。"什么意思呢？一整天都是云雾缭绕，真是令人忧愁；只能眼看着瑞脑香在兽形的铜香炉里一点点烧透。又到重阳佳节，一个人枕着玉枕，睡在纱帐里，半夜感觉凉风把薄薄的被子都吹透。黄昏时分，一个人到院子里把酒赏菊，菊花的暗香就萦绕在我的衣袖。可别说此情此景不让人黯然神伤，你看那秋风卷起门帘，帘子里的人儿比那菊花还要消瘦。据说，赵明诚收到这阕词后，爱不释手，干脆闭门苦吟，自己仿写了整整

吴昌硕《菊石图》◎

五十首。写好之后，他把自己的词和李清照的词混在一起，送给朋友陆德夫品评。陆德夫反复吟咏，最后说，篇篇都好，但是，他最爱的还是"莫道不消魂，帘卷西风，人比黄花瘦"！赵明诚一听，心悦诚服，甘拜下风。

再看金石学。所谓"金"，主要是指青铜器及其铭文，而"石"则是指石刻，特别是石刻文字。这是北宋发展起来的一门学问，其实就是现在考古学的一个前身。赵明诚是北宋金石学的大家，从很年轻的时候起就到处搜罗钟鼎彝（yí）器①，古碑古拓，哪怕为此荡尽家财也在所不惜。可是，他要是一人吃饱全家不饿的单身汉也就罢了，既然跟李清照结了婚，就难免要更多地考虑现实生活。那么，这种爱好还能维持下去吗？事实上，赵明诚的爱好不仅维持了下去，而且还更上一层楼。因为李清照耳濡目染，也对金石学产生了浓厚的兴趣，夫妻俩夫唱妇随，收藏就有了一种别样的甜蜜。有一个著名的典故叫"赌书泼茶"，讲的就是这个事情。李清照和赵明诚结婚不久，他们的父辈就卷入党争之中，赵明诚在官场待不下去，干脆跟李清照一起，隐居到青州老家。一般人受到这般挫折，肯定会郁郁不乐吧？可是，李清照根本不觉得失意，相反，倒像是归巢的小鸟一样怡然自得。她给自家的藏书楼起了一个名字叫"归来堂"，用的就是陶渊明"归去来兮"的典故②。又给自己起了一个别号叫"易安居士"，用的也是

---

① 古代宗庙常用的青铜祭器的总称。如钟、鼎、尊、罍（léi）、俎（zǔ）、豆等。
② 陶渊明的名篇《归去来兮辞》抒发了他辞官归隐后洁身自好、不同流合污的精神情操。

陶渊明《归去来兮辞》中的那句话："倚南窗以寄傲，审容膝之易安①。"闲居无事，干点什么好呢？李清照和赵明诚就全心全意地投入了金石的收藏、编目和整理之中。这样的工作本来不免枯燥，可是，两个人却把它变成了游戏。整理了一天之后，到了晚上，两个人吃罢晚饭，就在归来堂摆好茶具，煮好新茶。这茶怎么喝呢？两个人就指着那堆积如山的古籍，说一件事或者一句话，然后抢答这件事记载在哪本书、第几卷、第几行，谁答得快、答得准才能喝茶。到底谁答对的多呢？李清照记性好，几乎永远是她答对，她先喝。可是，这种游戏太刺激了，赢了之后难免哈哈大笑，结果好端端的一杯茶全都泼在了衣服上。这就是后世读书人最为津津乐道的"赌书消得泼茶香"。这时候，李清照可没有什么香车宝马，高屋华堂，她只要有书，有画，有跟她一样爱书爱画的伴侣就足够了，这样的精神贵族，不就是真正的名媛吗！

那么，是不是出身好，有雅趣就足以成为名媛呢？还不是。真正的名媛，还得有足够的骄傲。这种骄傲，可不是词写得比别人好，书背得比别人多，而是一种人格上的骄傲，也就是在任何情况下，都能昂起自己的头。李清照的骄傲是怎么表现出来的呢？有诗为证。这首诗叫《夏日绝句》，诗云："生当作人杰，死亦为鬼雄。至今思项羽，不肯过江东。"

这首诗有一个重要背景，叫"靖康之变"。北宋建国之后，一直在跟少数民族打仗，先前跟辽朝打，跟西夏打，还都能勉强支持；但是，

---

① 倚着南窗寄托我的高洁傲世之情，这容身之处虽然狭小，但远离混浊的世道，容易让我心安。

到北宋末年，在辽朝以北的东北地区崛起了一个新的少数民族政权，叫金朝。北宋的君臣都是糊涂虫，还想着远交近攻，勾结金朝来打老对手辽朝，没想到金朝实力太强，把辽朝打败之后，不是跟北宋一起瓜分辽朝的土地，而是顺势南下，一举攻破了北宋的都城汴梁①，俘虏了宋徽宗、宋钦宗父子，把后宫、宗室、大臣、百姓等十几万人都押解到了北方。这件事发生在宋钦宗靖康年间，所以历史上称之为"靖康之变"。岳飞的《满江红》②里，"靖康耻，犹未雪。臣子恨，何时灭"说的就是这件事。不过，靖康之变中虽然徽、钦二帝被俘虏，金朝却并没有完全灭亡宋朝。宋徽宗有一个儿子叫赵构，当时不在东京汴梁，所以逃过一劫。徽、钦二帝被俘虏之后，赵构一路狂奔，逃到江南，重建宋朝，历史上称为南宋③。而中原大地，也就拱手送给了金朝人。这当然让李清照这样的中原儿女无比愤懑(mèn)。这还不算，就在这个大背景下，李清照又经历了一次家丑。

当时不是朝廷南渡吗？赵明诚也到了南方，担任江宁知府。在这个位置上，他的巨大缺点就暴露出来了。什么缺点呢？赵明诚虽然风雅，但也懦弱。有一天夜里，驻守江宁的武官发动叛乱，赵明诚不仅没有履职尽责，指挥平叛，反倒连夜用绳子坠下城墙逃跑了！这种

---

① 今河南开封市。

② 《满江红》：怒发冲冠，凭栏处、潇潇雨歇。抬望眼，仰天长啸，壮怀激烈。三十功名尘与土，八千里路云和月。莫等闲、白了少年头，空悲切。靖康耻，犹未雪。臣子恨，何时灭。驾长车，踏破贺兰山缺。壮志饥餐胡虏肉，笑谈渴饮匈奴血。待从头收拾旧山河，朝天阙（què）。

③ 宋朝的历史，是以靖康之耻为节点一分两半。1127 年之前是北宋时期，1127 年之后是南宋时期。

临阵脱逃的行为，根本不像一个男子汉大丈夫，这让他在李清照心中的形象一下子坍塌了。这时候，两个人再也没有赌书泼茶的默契了，他们相对无言，一路后撤。行至乌江，也就是当年项羽兵败自刎的地方，李清照的国仇家恨一下子涌上心头，脱口而出的，就是这四句诗："生当作人杰，死亦为鬼雄。至今思项羽，不肯过江东①。"活着自然要当人中豪杰，就是死了也要做鬼中英雄。所以直到如今，人们还怀念项羽，怀念他宁死也不肯渡过长江，苟且偷生。

项羽活着的时候是不是英雄？当然是。当年，他破釜沉舟，大破秦军，这不就是"生当作人杰"吗？但是，更让李清照佩服的，不是项羽的生，而是项羽的死。

面对滚滚乌江，项羽并非没有退路，乌江亭的亭长都已经把小船准备好了，他完全可以走。但是，项羽宁可死也不肯走。他是带了八千江东子弟出来的，现在怎么能一个人回去呢！所谓不肯，就是"是不为也，非不能也"。这里既有士可杀不可辱的气概，更有不肯苟且偷生的良心，这样的人，即便是做了鬼，也照样是英雄！

项羽"不肯过江东"，可是，宋朝的皇帝也罢，自己的丈夫也罢，却都争相逃命，争相过江，这样的古今对比，怎能不让李清照悲愤交加呢！这种悲愤感才是这首诗的分量，也是李清照的骄傲。

我们今天都把李清照看作婉约派的一代宗师②，但是，李清照的

---

① 出自《夏日绝句》。

② 宋词里有婉约派和豪放派，李清照、柳永、周邦彦等是婉约派的代表，所写之词侧重生活情趣，用语圆润清丽，有一种柔婉之美。范仲淹、辛弃疾、苏轼等则是豪放派的代表，所写之词侧重爱国忧民，风格雄厚豪放。

豪放派代表辛弃疾

辛弃疾生活在南宋时期。李清照是婉约词的代表，而他则是豪放词的代表，被称为"词中之龙"。

永遇乐·京口北固亭怀古

南宋 辛弃疾

qiān gǔ jiāng shān　　yīng xióng wú mì　　sūn zhòng móu chù
千古江山，英雄无觅、孙仲谋处。

wǔ xiè gē tái　　fēng liú zǒng bèi yǔ dǎ fēng chuī qù　　xié yáng
舞榭歌台，风流总被雨打风吹去。斜阳

cǎo shù　　xún cháng xiàng mò　　rén dào jì nú céng zhù　　xiǎng dāng
草树，寻常巷陌。人道寄奴曾住。想当

nián　　jīn gē tiě mǎ　　qì tūn wàn lǐ rú hǔ
年，金戈铁马，气吞万里如虎。

yuán jiā cǎo cǎo　　fēng láng jū xū　　yíng dé cāng huáng běi
元嘉草草，封狼居胥，赢得仓皇北

gù　　sì shí sān nián　　wàng zhōng yóu jì　　dēng huǒ yáng zhōu
顾。四十三年，望中犹记，灯火扬州

lù　　kě kān huí shǒu　　bì lí cí xià　　yí piàn shén yā shè
路。可堪回首、佛狸祠下，一片神鸦社

gǔ　　píng shuí wèn　　lián pō lǎo yǐ　　shàng néng fàn fǒu
鼓。凭谁问：廉颇老矣，尚能饭否？

---

① 一作"烽火"。

精神是有硬度的。这个硬度，超过了赵明诚，超过了赵构，超过了那个时代的芸芸众生。她让我们一下子就想起了另外两位名媛。谁呢？一位当然是谢道韫，当年，她面对孙恩叛乱，居然手刃敌兵，这是怎样的英雄气概！另一位，则是抗日战争中的林徽因。抗战结束后，林徽因十四岁的儿子梁从诫问她，你们在李庄的时候，如果敌人打到四川来了，你们怎么办？林徽因说："中国念书人总还有一条后路嘛，我们家门口不就是扬子江吗？"这又是怎样的从容！这样挺直脊梁的女性，才叫名媛。

李清照有一首著名的咏物词，叫《鹧鸪天·咏桂花》。词云："暗淡轻黄体性柔，情疏迹远只香留。何须浅碧深红色，自是花中第一流。①"这既是李清照的自我期许，也是古代名媛的真正风范。以这样的标准看，今天的名媛，还得加油；今天的文化建设，也还得加油。

---

① 淡黄色的桂花并不鲜艳，体态轻盈。低调地开在幽静处不惹人注意，只留给人们美好的香味。不需要具有名花那艳丽的红色，它也是花中第一流的美丽。

【思考历史】

◈ 北宋经济文化空前发展，却为何还是遭遇靖康之耻？

◈ 读一读李清照南渡前后不同时期的词，看一看内容和风格上有什
么变化？

◈ 我们都说"唐诗宋词"，词为什么在宋朝迎来繁荣？

清冯箕《仕女四屏·人面桃花》◎

　　宋朝以"靖康之耻"为界，分为北宋和南宋两部分。从思想的角度来说，北宋的风气更自由，而南宋的风气则更严肃。本文的主人公，就是一位挑动了当时严肃风气的侠妓，她的名字叫严蕊。

　　严蕊在历史上有名气，是因为她的命运跟一代大儒朱熹（xī）①绑在了一起。这两个人的身份地位可太不相称了。朱熹是谁？那是南宋理学大师，跟孔子并尊的人物。孔子是儒学的开创者，朱子就是儒学的集大成者，他也是唯一一个并非孔子亲传弟子，却又享祀孔庙，位列大成殿②十二贤哲之一的人物。元明清三朝科举考试不是考四书吗？用的就是朱熹的《四书章句集注》③，也就是说，他的著作在中

---

① 朱熹继承了程颢（hào）和程颐的理学思想，并将其发扬光大，他们的理学思想被合称为"程朱理学"，在明清时期成为儒学正宗，并成为官方意识形态，影响了中国人的思想。

② 孔庙正殿。

③ 朱熹注《论语》，又从《礼记》中摘出《中庸》《大学》，分章断句，加以注释，配以《孟子》，题称《四书章句集注》。

国当了六百多年的标准教材，也是标准答案。这是多么了不起的人物！严蕊又是何许人呢？她是南宋时期台州的一个官妓，官妓是贱民，连自由的身份都没有，每天的工作就是陪地方长官的客人喝酒、唱歌、跳舞。可是，就是这样一位身份微贱的风尘女郎，却跟朱熹打了一场千年的官司，而且，至少在民间老百姓的心中，未落下风，甚至还得了一个"侠妓"的名号，这就堪称奇迹了。问题是，严蕊和朱熹两个人身份地位迥异，他们怎么会搅到一起去呢？其实，严蕊和朱熹还真是素昧平生，在这桩公案中，严蕊完全是个"背锅侠"，她触犯朱熹，其实是吃了唐仲友的挂落①。

四书五经

我们常说"四书五经"，四书是《大学》《中庸》《论语》《孟子》，五经是《易经》《尚书》《诗经》《礼记》《春秋》。

四书里，《大学》《中庸》原来是在《礼记》里，后来被朱熹单独拿出来。朱熹认为有了《大学》的提纲挈领，就容易领会《论语》和《孟子》，之后便可以领会《中庸》，于是这四本被放在一起，称为"四书"。到了元仁宗时期，朱熹的四书注本成为当时的科举标准教材。

---

① "吃挂落"是俗语，指因某事而受到牵连或吃亏。

　　唐仲友又是何许人呢？严蕊是台州的官妓，而台州的长官就是唐仲友。此人官做得好，又很有学问，为人也风流倜傥。宋朝官府的风气并不严肃，空闲时间很多，经常有各种各样的应酬。欧阳修那篇著名的《醉翁亭记》不是说吗？"太守与客来饮于此，饮少辄醉，而年又最高，故自号曰醉翁也。醉翁之意不在酒，在乎山水之间也。山水之乐，得之心而寓之酒也。"饮酒赋诗、呼朋唤友本身就是地方长官的工作之一，而官妓，就是官方安排好的女招待，随时要接受长官的调度，陪长官招待客人。严蕊就在唐仲友的手下当差，而且还当得格外好，为什么呢？因为严蕊就像唐代的薛涛一样，不仅仅会当时官妓一般都会的弹琴唱曲，她还会写诗。有一天，正是春暖花开，唐仲友闲来无事，就叫了官妓来赏花侑（yòu）酒①。庭院之中，有一树桃花开得正盛，而且同时开出红白两色花朵，这些小姑娘看了，都啧啧称赞。唐仲友对严蕊说，这树桃花，你能写点什么吗？严蕊嫣然一笑，略加思索，就按照《如梦令》的曲调，吟成一首小令："道是梨花不是。道是杏花不是。白白与红红，别是东风情味。曾记，曾记，人在武陵微醉。"

　　什么意思呢？你说它是白梨花，它并不是，你说它是红杏花，它也不是。你看那花朵有白又有红，真是别有一番情致。还记得吗？还记得吗？那个武陵的打鱼人曾经被它陶醉。这首小令，写得多么别致风流啊。"道是梨花不是，道是杏花不是"，简直就像说闲话一样，可是，又一下子

---

① 为饮酒者助兴。

把这花的特点抓住了。这花兼有梨花的白和杏花的红，也就兼有了梨花的明媚和杏花的娇俏。那它究竟是什么样子呢？"白白与红红，别是东风情味"。"白白""红红"两组叠字，让我们仿佛一下子就看见了红粉交错、两色争妍的风采。说到这儿，这花的形象已经呼之欲出，所以，汇总成一句"别是东风情味"，由实入虚，收得干干净净。那么，说了半天，这花到底是什么花呢？最后两句揭晓了："曾记，曾记，人在武陵微醉。"武陵是什么典故呢？她用的是陶渊明《桃花源记》的典故："晋太元中，武陵人捕鱼为业。缘溪行，忘路之远近。忽逢桃花林，夹岸数百步，中无杂树，芳草鲜美，落英缤纷。[1]"这白白与红红的花朵，不正是当年陶醉了武陵打鱼人的桃花吗？谜底揭晓，同时，桃花的身份感也出来了，它可不是凡夫俗子，它原来是桃源仙品。我们也知道，中国古代的咏物诗词，都讲究托物言志。按照这个原则，这桃花的背后，不就是严蕊自己吗？严蕊是说，我并不是庸脂俗粉，我也有神仙一样的高洁品格。唐仲友一看，大为赞赏。那么，他们的关系是否从此就发展为"红袖添香夜读书[2]"了呢？其实并没有。唐仲友虽然欣赏严蕊，但也就是赏了严蕊两匹缣（jiān）帛而已，并没有把她领回家去，金屋藏娇。这就是宋朝官僚和官妓打交道的本分。官僚和官妓都是公务人员，在一起弹琴唱歌，吟诗作曲，这都算是公务活动，不成问题，但是，倘若据为己有，金屋藏娇，那

---

[1] 东晋太元年间，武陵郡有个人以打鱼为生。有一天他顺着溪水行船，忘记了路程远近，错走着，错走着，忽然遇到一片桃花林，这些桃花生长在溪水的两岸，长达几百步，中间没有别的树，花草鲜嫩美丽，落英缤纷。

[2] 红袖指女子，意思是有美丽的女子在夜晚点上香陪着读书。

就是假公济私，要犯错误了。

　　不过，唐仲友虽然并没有把严蕊据为己有，但是，对她的欣赏和喜爱之情还是与日俱增。到南宋淳熙九年（1182），唐仲友利用自己手中的权力，为严蕊落籍，让她回到黄岩，只在重大场合，才会回到唐仲友身边帮忙，算是友情出演。如果不出意外，这种岁月静好的日子就会一直这么过下去了。

　　可是未曾想，事情又起了波折。唐仲友有一个好朋友叫陈亮，到台州来拜访他。陈亮其人在今天的知名度不算太高，但是，如果说到辛弃疾的《破阵子》①，"醉里挑灯看剑，梦回吹角连营"大家肯定都有印象。事实上，辛弃疾这首词的全称就是《破阵子·为陈同甫赋壮词以寄之》。而同甫就是陈亮的字，他也是一位喜谈军事，力主抗金的文学家。陈亮前来拜访，唐仲友自然要安排人招待他，还特地请严蕊出来作陪。按说，陈亮既然是文人，也应该喜欢严蕊才是吧？可是，有一句话叫"各花入各眼"。真正让陈亮着迷的，倒不是主人最得意的严蕊，而是一个叫赵娟的官妓。陈亮跟赵娟两情相悦，就请求唐仲友让赵娟脱籍，好把她带走。唐仲友很意外，还嘲笑陈亮说，你放着严蕊这样的一等人不喜欢，却喜欢赵娟这么一个二等人。不过，

① 《破阵子》："醉里挑灯看剑，梦回吹角连营。八百里分麾（huī）下炙（zhì），五十弦翻塞外声，沙场秋点兵。马作的卢（dì lú）飞快，弓如霹雳弦惊。了却君王天下事，赢得生前身后名。可怜白发生！"意思是，醉梦里挑亮油灯看手中宝剑，梦中回到响起号角声的军营。把鲜美的烤牛肉分给部下，军乐队演奏起雄壮的乐曲。秋天让我们在战场上阅兵。战马像的卢马一样跑得飞快，离弦的弓箭发出惊雷一样的声音。我真想替君主完成收复国家失地的千秋大业，取得世代相传的美名。可怜我已生出白发（却壮志未酬）！

047

于非闇 《荷花蜻蜓》 ◎

嘲笑归嘲笑，唐仲友也还是打算帮老朋友办这件事。于是他就找赵娟谈话说："听说你想落籍跟陈同甫先生走，是真心的吗？"赵娟说："是真心的。"唐仲友又说："陈同甫可没钱啊，你准备好跟他吃糠咽菜了吗？"这本来是一句玩笑话，没想到赵娟却当了真。她不是一个能够过苦日子的姑娘，随即就对陈亮冷淡下来，很明显，是不想跟他走了。面对情人翻脸，陈亮开始是丈二和尚摸不着头脑，仔细一打听，才知道是唐仲友从中作了梗。那么，陈亮知道了事情的来龙去脉会怎么想呢？其实，如果理性思考一下，陈亮应该感谢唐仲友才是，毕竟唐仲友的一番戏言暴露了赵娟嫌贫爱富的本质，这对陈亮来说也算及时止损。可是，恋爱中的人哪有理性啊？陈亮只觉得唐仲友坏了他的好事。越想越气，干脆不辞而别，找别的朋友散心去了。

那么，陈亮找的这个朋友是谁呢？就是朱熹。朱熹跟陈亮是朋友，那他跟唐仲友是什么关系呢？千万别单纯地以为，朋友的朋友就是朋友。唐仲友跟陈亮是朋友，朱熹跟陈亮也是朋友，但朱熹和唐仲友，却是一对对头。为什么呢？因为两个人思想观点不一致。唐仲友属于事功学派，强调事功，反对空谈义理。而朱熹恰恰是理学的一代宗师，讲究心性修养，讨厌急功近利。朱熹和唐仲友思想观点不一致，他也一直看不上唐仲友。一般看不起谁并没有什么要紧，不过这一次，朱熹的喜怒却足以决定唐仲友的前途。为什么呢？因为当时浙东地区正闹水灾，朱熹受朝廷委派，担任浙东常平使，负责赈济灾民，也顺便查访地方官员的履职情况。而唐仲友任职的台州，就在他的查访范围之内。此刻，得知陈亮从唐仲友那里过来，朱熹就顺便问道："唐仲友最近怎么样啊？"陈亮正生着气呢，就说："他？除了严蕊，他脑子里就没别的事了！"朱熹是个很正直的人，一听之下就生了气。如今灾情如此严重，唐仲友身为地方长官，居然迷恋女色，不管百姓死活！于是又问："那他怎么评价我查访灾区这件事呢？"陈亮也是在气头上，就说："唐仲友说你连字都不认得几个，哪有资格巡视别人！"朱熹也是个有脾气的人，一听之下勃然大怒。他本来已经查访过台州了，这下，他决定，连夜赶到台州，重新整顿！

他杀了这么一个回马枪，唐仲友当然措手不及，也没能及时出来迎接他。一看唐仲友如此怠慢，朱熹更觉得唐仲友蔑视他。索性连上六本奏书，弹劾唐仲友。其中有一条，弹劾的就是唐仲友和严蕊有工作关系以外的感情。按照当时的说法，叫作"逾滥"。这样一来，严蕊也就作为唐仲友案件的相关当事人，被抓了起来。这不是"人在家中坐，祸从天上落"吗！朱熹既然弹劾唐仲友，唐仲友也不能坐以待毙，他也上书朝廷，说朱熹违背法度，公报私仇。正所谓公说公有理，婆说婆有理，这样一来，整个案子就处于胶着状态了。怎么办呢？朱熹就想从严蕊这儿打开缺口。按照他的想象，妇女本来就比较脆弱，官妓又是逢场作戏之人，容易见利忘义，只要吓唬吓唬她，不怕她不招认。而涉及两性关系的案件，只要一方招供了，那么另一方也就说不清楚了。于是，他就派人百般拷打严蕊。可是，别看严蕊花柳一般的身姿，却是铁石一般的性格，翻来覆去只讲一句："循分①供唱②，吟诗侑酒是有的，其他什么都没有。"就这样审了一个月，硬是没审出一句口供来。朱熹觉得台

---

① 守职分。

② 唱曲。

州办事不力，干脆又把严蕊转到越州，让越州太守再审。这位越州太守也是个理学家，平生最恨有色无德之人，对严蕊的刑讯逼供就又上了一个等级。眼看着严蕊每天受刑，连狱卒都同情她了，就私下对她说："上司无非就是要你招供。你干吗非跟他硬扛呢！要知道，你认了罪，最多不过是仗刑，你已经被打过了，也不会再打，你又何苦为难自己！"严蕊怎么回答呢？她说："我也知道，身为卑贱的官妓，纵然是真的跟太守有情，也罪不至死。我招认了，能有什么坏处？我只是觉得，天下事真就是真，假就是假，岂能为了我自己少受点苦，就去诬陷士大夫！"这话说得铁骨铮铮，从此在民间，就有人称她为"侠妓"了。

那么，是不是她就能因此被释放了呢？并没有。就像严蕊被牵扯进来不是由她自己决定的一样，她是否能脱身，也由不得她自己。关键是事情又有了转机。这个案子越闹越大，终于闹得连皇帝都要亲自过问了。当时的皇帝是宋孝宗，他把双方的奏本看了又看，却始终理不出头绪，于是就去咨询一个叫王淮的宰相。这位宰相是唐仲友的同乡姻亲，但又是朱熹担任浙东常平茶盐公事的推荐人，算是一个立场比较持平的人。面对皇帝的垂询，王淮是怎么回答的呢？他就说了一句："此乃秀才争闲气耳！"这话说得对不对？真是太对了。这件事的核心，其实就是意气之争。唐仲友对着陈亮讥讽朱熹不识字，这对不对？当然不对。朱熹是个大儒，学问高深，绝非不识字之人，所以，唐仲友本来就不该胡说，这是他不对。而朱熹呢？既然主张修身养性，那么就算被人轻视，也应该像孔夫子所说的那样，"人不知而不愠①"，

---

① 愠指怨恨、恼怒。

而不该一点就着火，公报私仇，更不该逼迫无辜。再看陈亮。就算听见唐仲友乱说，也不该传闲话给朱熹，因为中国古代讲究"君子交绝不出恶声①"，把朋友之间的私房话讲给第三个人听，这又是他不对。这样看来，这三位虽然都是对中国历史有贡献的大人物，但也都摆脱不了人性的弱点，成了一群争闲气的秀才。而王淮呢？别看在历史上的名气没有这几位大，但毕竟是个老于世故的官僚，反倒能够明察秋毫，一语中的。既然如此，这桩公案到底该怎么办呢？最后的结局是唐仲友辞职，朱熹调离，宋孝宗也再不追究，和稀泥了事。

两个当事人都走了，严蕊怎么办呢？宋孝宗改派一个叫岳霖的长官来重审此案。此时再审，自然是疑罪从无，开释严蕊。经过这么两个月的折腾，严蕊已经憔悴不堪了。在此之前，岳霖对严蕊"侠妓"的名声已有耳闻，此刻四目相对，他决定问一问严蕊日后的打算。既然严蕊有才女之名，他希望严蕊用诗词来表达心声。面对岳霖的要求，严蕊凄然一笑，提笔写下一首《卜算子》："不是爱风尘，似被前缘误。花落花开自有时，总赖东君主。去也终须去，住也如何住？若得山花插满头，莫问奴归处。"我本不是贪恋风尘之人，如今却沦落风尘，大概还是被前生的因缘所误。花开花落都会有一定的时候，这由不得我，只能由春神来做主。您问我将来的出路，那么我自然是选择离开，如果您让我留，我又如何能留住！如果能做一个自由自在的山野村妇，那么大人，您也就不要再问我的归宿。这一阕词，

---

① 君子即便和朋友交往断绝（即绝交）了，也不会说对方的坏话。

真是一篇有恨有泪，却又有追求有愿心的《陈情表》①。作为一个沦落风尘的女子，貌似繁华的生活里有着多少任人摆布的不堪，如果可能，严蕊宁愿洗却铅华，成为一个满头插着野花的村妇。岳霖一看，大为感慨，他正式安排严蕊落籍，自由终老。那么，这位春神一般的岳霖岳大人到底是谁呢？他就是抗金英雄岳飞的儿子。一代忠臣，拯救了一代侠女，这真是一个动人的结局。

　　故事讲完了。可信不可信呢？其实这故事在历史上一直存在争议。因为最原始的材料残缺不全。朱熹的弹劾奏本固然保存了下来，但是，唐仲友的辩驳却早就被后世的朱熹弟子们删得干干净净。现存的记录主要来自笔记小说，而笔记小说自然没有那么可信。所以，近一千年来，两派学者一直在打架。一派认为，唐仲友确实有贪污公帑②（tǎng）和滥征杂税等行为，因此，朱熹的弹劾并非查无实据。而另一派则认为，唐仲友在台州集资是为了修学堂、刻图书，并非是朱熹所说的"贪污官钱，偷盗公物"，他无疑是受冤枉的好官。很明显，学者们的兴趣大多在这两位士大夫身上。但是，在民间，更多的人关心的不是朱熹，不是唐仲友，而是严蕊。明朝的文人凌濛初，还把严蕊的故事写成精彩的小说，题目就叫《硬勘案大儒争闲气 甘受刑侠女著芳名》。很明显，就像大人物会有大人物的弱点一样，小人物也会有小人物的骄傲，站在民间立场上，人们更愿意相信，仗义每多屠狗辈，古来侠女出风尘①。

【思考历史】

◇ 了解一下，朱熹对后世有哪些影响？

◇ 看看严蕊、柳如是等出身不好，但闪闪发光的历史人物，想一想，出身能决定一个人精神境界的高低吗？

----

① 英雄多出现在卑贱的市井之徒中，侠义的女子也多出现在风尘或平凡百姓的女子当中。

梁红玉

◆

　　两宋时期的中国，一直南北分裂。北宋在河北地区和辽朝对峙，是南北朝；南宋在淮河一线和金朝对峙，也是南北朝。身为一个江南政权，南宋王朝始终身处金朝的巨大压力之下。所以，南宋的历史，又是一部抗金史。说到抗金名将，大家首先想到的一定是武穆王[①]岳飞，但是，如果说到抗金女将，那就应该是本篇的主人公，擂鼓战金兵的一代巾帼英雄梁红玉。

　　中国古代有四大美女，四大才女，也有四大巾帼英雄。哪四位呢？第一花木兰，第二梁红玉，第三穆桂英[②]，第四樊梨花[③]。这四位巾帼英雄中，花木兰、穆桂英、樊梨花都算是文学人物，只有梁红玉是个如假包换的历史人物，很多人都知道梁红玉擂鼓战金兵的英雄传奇。那么，梁红玉到底是什么来历？她身为一个女子，为什么能够走上战场？还有，抛开传奇故事，梁红玉对南宋的抗金大业到底有什么

---

① 岳飞死后被宋孝宗追封谥号"武穆"，所以被称为"武穆王"。
② 长篇小说《杨家将》中的人物。
③ 小说《薛丁山征西》、戏曲《姑嫂英雄》等作品中的人物形象。

清末民初 陆恢 仿赵松雪《山水》 ◎

贡献呢？

先看第一个问题，梁红玉是什么来历？梁红玉最早的身份，是京口营妓。京口就是现在的镇江，而营妓，则是专门为军营中的将士服务的女子。做营妓之前呢？有记载说，她是安徽池州人，而且是池州将门之女，从小跟父亲练就了一身功夫。她力气大，能开强弓；技术又好，二百步之内箭无虚发。后来因为方腊①起兵，她父亲贻误军机被斩首，她才流落京口，沦为营妓。但是，尽管成了营妓，她却不俗不媚，大有侠气，人称"角（jué）抵②大王"，也就是大力相扑手。是不是真的呢？这个说法其实出自后人所写的《英烈夫人祠记》，没什么史料依据，基本上是根据她后来的事迹想象出来的，换言之，梁红玉早年的出身并不清楚。其实，不仅梁红玉的出身不清楚，就连"红玉"这个名字，也是后人编的。在史书中，她只是被称为梁氏，没有名字。后来，明朝文人张四维写了一本传奇，名叫《双烈记》，梁氏一出场，先念了一段词："奴家梁氏，小字红玉。父亡母在，占籍教坊，东京③人也。"从此，人们就管她叫梁红玉了。我们如今也随俗从众，继续叫她梁红玉。有了这么一番铺垫，大家就能够明白，虽然都是宋朝女性，但是，梁红玉跟曹皇后、李清照等人并不一样。曹皇后她们几位的人生道路虽然千差万别，但基本上都算是闺秀出

---

① 北宋末年浙江农民起义军的首领。《水浒传》中宋江便是接受了朝廷的招安，率兵去攻打方腊。

② 角抵是中国古代体育项目之一，类似现代的摔跤。起源于战国，这个称呼则始于秦汉。晋以后也被称为"相扑""争交"。

③ 汉时称洛阳为东京，到了宋朝，则称开封为东京。

身，属于社会的上中层。而梁红玉呢，却是底层女性。可能读者朋友会说，这不是和严蕊很像吗？不错，严蕊是官妓，梁红玉是营妓，都是隶属于官府的女子。但是，官妓和营妓又有差别。官妓为官老爷服务，相对比较清雅，所以严蕊能作诗填词；而营妓为军人服务，相对就比较豪放。个人觉得，无论是弯弓射箭还是摔跤相扑大概未必是出自她父亲的传授，而是她服务的那些军汉教给她的。跟这样的人打交道久了，梁红玉也慢慢地沾染了一些英风凛凛的军人风采，这可能是这个不算体面的职业带给她的一个意外收获吧。不过，营妓出身对梁红玉最大的意义还不在于气质的改变，而是让她认识了一个人，正是通过这个人，她才最终走向了战场。

这个人就是位列南宋中兴四大名将之一的韩世忠。只不过，韩世忠当时可还不是抗金名将，而是一个名不见经传的小军官。韩世忠是陕西延安人，从小就喜欢舞枪弄棒，乡里人称之为"泼韩五"。这样的人天生就是当兵的料，自从少年时代应募从军之后，韩世忠冲锋陷阵，屡立战功，特别是在征方腊的战役中，他更是孤军深入，生擒方腊，立下大功。可能有读者朋友会疑惑，在《水浒传》里，方腊不是鲁智深活捉的吗？民间还有一种说法，是"武松单臂擒方腊"。其实，无论是鲁智深擒方腊还是武松擒方腊，都是出自明清时期的文学作品，不足为信。而根据《宋史·韩世忠传》记载，这个功劳，其实应该记在韩世忠头上。只可惜，如此赫赫战功，却敌不过官场的潜规则。韩世忠擒获方腊的功绩竟为上司所夺，他拼命一场，也只当了个小小的承节郎。这对相信个人奋斗的韩世忠是个不小的打击。不过，官场失意不妨碍情场得意。就在平定方腊起义之后，失意的韩世忠遇

· 1127 年，金朝南下攻取北宋首都，掳走宋徽宗、宋钦宗。因发生在靖康年间，被称为"靖康之变"。

· 同年，宋徽宗之子赵构于南京（今河南商丘）即位（是为宋高宗），后定都临安（今浙江杭州），被称为"南宋"。

· 1138 年，秦桧拜相。

· 1141 年，宋高宗与金签订绍兴和议，向金称臣纳贡。

· 1142 年，岳飞被冤杀。

· 1207 年，抗金无望、壮志难酬的辛弃疾病死。

· 1234 年，金朝在蒙古和南宋的夹击下，被蒙古所灭。

· 1271 年，忽必烈改蒙古的国号为元。

· 1276 年，南宋被元所灭。

南宋 ◇

到了奇女子梁红玉。

两个人到底是怎么相识的呢？历史上有两个说法。一个说法出自笔记小说《鹤林玉露》①。据说有一天，天刚蒙蒙亮。梁红玉走出家门去往营中，路过一座破庙。这破庙她平时也看惯了，但这一天，

_____

① 作者是宋代罗大经，主要记述了南宋中期的历史掌故和文坛逸闻。

她随便往里一瞟，居然看见一只老虎蜷缩在庙里。梁红玉吓了一大跳，再定睛一看，原来不是老虎，而是个英武的军汉。这军汉正是韩世忠。韩世忠因为有功不赏，借酒消愁，醉倒在破庙之中，看起来要多潦倒有多潦倒，可是梁红玉呢，细细打量一番之后，却认定韩世忠是个英雄，对他芳心暗许，还把他带回家中。从此，世上也就多了一对英雄夫妻。这个说法太过神奇了，人们并不怎么相信，所以，后来的《英烈夫人祠记》又讲了另一种说法。

有一天，征方腊的部队设庆功宴，宴席就摆在了梁红玉所在的妓馆。韩世忠以承节郎的身份叨陪末座，不免郁郁寡欢。妓院的风气一向是拜高踩低，失意的人本来是无人理睬的。但是，梁红玉一双慧眼，却偏偏就锁定在韩世忠身上。她觉得，此人虽然意气消沉，但英姿不减，看着倒比那些高级将领还要威风些。再仔细一打听，原来他就是那个独擒方腊，却又被人夺了功劳的韩世忠。梁红玉是个有眼光也有气性的人，心里深深地为韩世忠打抱不平。这样的英雄，朝廷不喜欢，我喜欢！梁红玉不是个事事仰赖别人的弱女子，她也不指望韩世忠来拯救她，她已经攒了好几年的钱了，此刻好钢用在刀刃上，拿出积蓄给自己赎了身，从此心甘情愿追随韩世忠，就如同当年的红拂夜奔。

那么，这两个故事哪个更趋近事实呢？其实可能都是浪漫故事。事实是，韩世忠一共有四位夫人，除了正妻白氏之外，其他三位妾都是风尘女子出身。这样看来，也许梁红玉慧眼识英雄也只是一个传说，更大的可能是，娶风尘女子为妾原本就是当时的社会风气，也符合韩世忠的个人趣味。对梁红玉来说，嫁一个军官，做妾从良，也是一个相当合理的婚姻选择。不过，嫁给韩世忠虽然未必有故事中所讲的那么浪漫，但对梁红玉却至关重要，因为她从此进入了军营。这也就回答了我们的第二个问题，梁红玉身为一个女子，为什么能走上战场？跟女扮男装，替父从军的木兰不一样，梁红玉不是女兵，她真正的身份其实是随军家属。但是，话又说回来，梁红玉可不是一般的随军家属，她是一个能摔跤、会射箭的女汉子，她天生就应该属于军营。

这一对天造地设的军人夫妻，又赶上了一个能够让军人发挥才干的大时代。这个大时代，就是靖康之变。北宋原本是重文轻武的，武将相当受压制。但是，金兵南下，徽、钦二帝被俘，宋高宗赵构的南宋政权刚刚建立，还在被金兵穷追猛打，正处于风雨飘摇之中，在这个时候，军人的作用就凸显出来了。

这也正是我们之前问的第三个问题，梁红玉到底为南宋做了什么贡献？她一共做了内外两件大事。第一件是参与平定"苗刘兵变"，让宋高宗坐稳皇位。当时正是建炎三年（1129），金朝军队奔袭扬州，宋高宗狼狈渡江，逃到杭州。就在这个外患严重的时刻，负责护卫宋高宗的武将苗傅和刘正彦居然发动兵变，把宋高宗关了起来，逼迫他退位，禅让给刚刚两岁多的皇太子，让孟太后来垂帘听政，改年号为明受元年。

所谓"屋漏偏逢连夜雨，船破又遇打头风"，这场兵变对南宋政权几乎是灭顶之灾。怎么办呢？当时，韩世忠正率领水师在海上防备金兵，听说"苗刘兵变"，他马上把队伍开到了秀州，也就是如今的嘉兴。然后屯兵城下，招兵买马，修整器械。这意味着什么？这种举动，既可以理解为率军勤王，也可以理解为首鼠两端，反正，韩世忠动向不明，这让苗、刘二人很是焦虑。怎么办呢？

苗、刘二人就把梁红玉和孩子扣为人质，想用这一招来逼韩世忠归顺。这时候，有一个名叫朱胜非的宰相来给苗、刘两人进言了。他说："韩世忠不是一个难对付的人，他之所以没有马上投靠我们，是因为还没有得到太后的诏令，也不知道能得到什么封赏。现在你们把他的老婆孩子扣起来，他反倒会惊慌失措，离心离德。依我之见，不如把老婆孩子还给他，再请孟太后下一道懿旨，保证他前程无忧。他看到老婆孩子平安，再有了前途保障，自然就会归顺了。"苗、刘二人头脑比较简单，觉得朱胜非说得有道理，于是真的释放了梁红玉，让她去传孟太后的懿旨，劝韩世忠归顺。梁红玉是怎么做的呢？重获自由之后，梁红玉快马加鞭，一天一夜就从杭州赶到了秀州。不过，她可不是来劝韩世忠归顺的，恰恰相反，她马上就把苗、刘二人的底细以及他们在杭州城的防务虚实讲得清清楚楚，然后痛陈利害，敦促

韩世忠

作为中兴四将，韩世忠和岳飞一样忠勇无双，反对议和，为岳飞鸣不平，多次顶撞秦桧，被剥夺了军权。

死前，他曾告诫家人，我的名字叫世忠，等我死后，你们不要避讳"忠"字，如果因为避讳，为了表示对我这个死去之人的尊敬，而不去提不去写"忠"字，便是忘却忠心了。

韩世忠勤王。有了她的襄赞①，韩世忠的勇气和底气都成倍增长。等到苗、刘二人派出的使者赶来，向韩世忠宣诏时，韩世忠一下子就变了脸。他说："我只知道有建炎，不知道有明受！"随即怒斩来使，焚烧诏书，起兵勤王，很快就生擒苗、刘二人，恢复了宋高宗的皇位。这对宋高宗几乎就是再造之恩，宋高宗非常感动，亲笔写下"忠勇"二字，送给韩世忠，又提拔他为武胜昭庆军节度使，从此，韩世忠也就从一员裨将成长为方面大员②了。与此同时，梁红玉也因传令之功，被授予"护国夫人"的称号，还由孟太后从宫中单独拿出一份俸禄，直接发在她的名下。飞马传诏，促夫尽忠，这已经是难能可贵的传奇。

然而，梁红玉还有第二个传奇，那就是闻名千古的黄天荡擂鼓战金兵。这件事发生在苗刘兵变之后的一年，建炎四年（1130）。这一年，金朝的元帅完颜宗弼，也就是话本小说里的金兀术率领十万大军南下，长驱直入江浙，南宋各路大军纷纷溃败，宋高宗也逃到了浙东地区，随时准备入海。当时，韩世忠手下只有八千多人，也被迫从镇江退守江阴。眼看着局势又一次危急起来，梁红玉给丈夫出了一个主意。她说："金兀术孤军深入，就算攻破临安，也是强弩之末。他们在这儿待不长，一定会大肆掳掠一番，然后回北边去。我们此刻无法硬斗，不如就在他们回去的路上打伏击。"韩世忠觉得很有道理，早早地就做好了准备。果然，金兀术的军队烧杀抢掠了一阵子，就带着战利品往北返了。这时候，韩世忠已经从江阴赶到镇江，正在焦

---

① 辅佐帮助。

② 一个地区的军事大员。

山寺等着他们呢。这次水战，可是货真价实的一场恶战。两军对垒，金朝军队的箭像雨点一样射过来，韩世忠的兵力毕竟有限，眼看着就要处于下风，怎么办呢？这时候，忽听一阵战鼓咚咚从大船上传来。只见梁红玉脱去铠甲，丢掉头盔，威风凛凛地站在船上，冒着眼前纷纷落下的箭雨，擂响战鼓，号令三军。鼓是冲锋的号令，也是军队的灵魂。八千壮士听到梁夫人的鼓声，重整旗鼓，不仅把十万金军牢牢地封锁在了镇江的江面上，甚至连金兀术都差一点被俘。这就是历史上大名鼎鼎的梁红玉擂鼓战金兵。正是这一场恶战，把金兀术的十万大军逼进了只有入口没有出口的长江断港黄天荡，然后才有韩世忠利用地形优势，仅凭八千兵力，将金兀术的十万大军围困在黄天荡中长达四十八天之久的英雄业绩。此后，直到绍兴十一年（1141）宋金和议，金兵始终没有再敢南渡长江。可以说，南宋后来的政治安全，在很大程度上就是建立在黄天荡大捷的基础之上的。而梁红玉擂鼓战金兵，又成为黄天荡大捷的一个象征性符号。正是她那一鼓作气，不仅打赢了一场战役，更打出了中原儿女的精神。这精神如山不倒，后世的人们忍不住把她的矫健身姿和镇江口那座挺拔的金山联系在一起，所以，这个故事后来又以讹传讹，演化成了梁红玉擂鼓战金山。

抗日战争之初，日军势力强盛，投降派的主张一时间甚嚣尘上。这个时候，革命老人林伯渠写下了一首《咏梁红玉》，诗云："南渡江山底事传，扶危定倾赖红颜。朝端和议纷无主，江上敌骑去复还。军舰争前扬子险，英姿焕发鼓声喧。光荣一战垂青史，若个须眉愧尔贤。"什么意思呢？渡江建国的南宋小朝廷本来没有什么事能流传，人们能记住的，只有梁红玉这个扶危济困的女红颜。朝廷里的官员们还在议论纷纷想要求和，而长江之上，敌人的铁骑已经在来来往往，去了又还。这个时候，扬子江畔忽然出现了军舰争先的英雄场面，梁红玉居中挺立，擂鼓喧天。这光荣的一战已经永垂青史，无论哪个须眉男子在你面前都会惭愧无言。毫无疑问，南宋王朝值得骄傲的人物当然不只是梁红玉，林伯渠老人的用意，主要还是以女子激励男子，以古代激励今天。一位敢于擂起战鼓，迎战强敌的女性未必足以改变历史，但她足以振奋民族精神。这精神正是我们中华民族最珍贵的文化遗产。如今，它已经化成一副对联，悬挂在淮安梁红玉祠前，那副对联写道："也是红妆翠袖，然而青史丹心。"

【思考历史】

◈ 有中兴四将，南宋为何还是被灭了？

◈ 为什么古代女将很少？

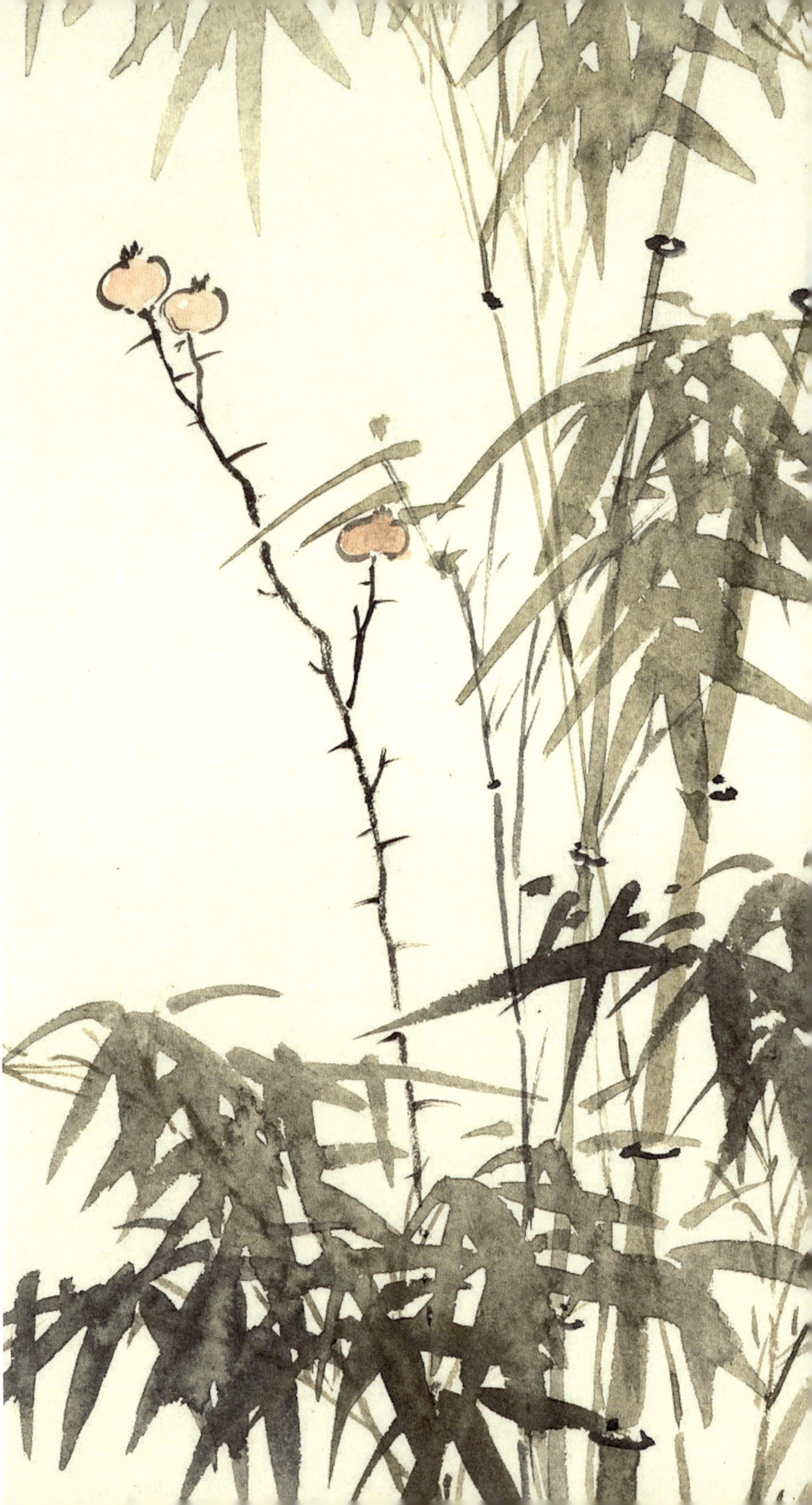

清 钱维城《画竹》◎

管道升

◇

　　我们中国自古是一个统一的多民族国家。帝制时代的第一次大一统出现在秦朝，第二次大一统出现在隋朝，第三次大一统出现在元朝。元朝是少数民族建立的政权，它主导的这次统一包容进了长城以外最广袤的大漠，它也让蒙古文化、色目①文化进入中原，逐渐成为中国文化的一部分。但是，这些改变并不妨碍中原文明继续传承。事实上，正是在元朝，出现了一位定慧双修、福寿双全，无论在哪个历史时期都堪称完美的女性，这位女性就是元代大书画家管道升。当然，她还有一个身份，是元代最著名的书法家赵孟頫②（fǔ）的夫人。

　　我们今天见到成功的职场女性，总喜欢问一个问题，你是如何平衡家庭跟事业的？这是一个对女性不大友好的问题，但也确实是女性经常要面对的现实问题。其实，在中国古代也有类似的问题，才女

---

① 元代称当时的钦察、回回、唐兀、斡罗思等外族诸姓为色目。
② 元朝著名书画家，工于书法，尤其精于行书、小楷，字体被世人称为"赵体"。其存世的书法作品不少，比如《洛神赋》《四体千字文》等。除书法外，他也擅于诗文、篆刻和绘画，存世的画作有《鹊华秋色》《秋郊饮马》等。

们往往成不了贤妻良母，个人生活并不完美；而贤妻良母又往往不以才华见长，比如，著名的四大贤母①，没有一个是真正意义上的才女。那么，有没有哪位古代女性，能够在家庭关系和个人才华之间找到平衡呢？管道升就是一个。

管道升个人天分极高，擅长书法、绘画和诗词，她的《秋深帖》和《墨竹图》现藏于北京故宫博物院，《烟雨丛竹图》和《竹石图》现藏于台北故宫博物院，这都是国家级的艺术珍品。与此同时，管道升的家庭生活也堪称典范，她的丈夫赵孟頫本来是南宋宗室，进入元

元朝
◈

· 1206 年，铁木真统一蒙古各部，建立大蒙古国，尊号成吉思汗（意为拥有四海的强大者）。

· 1227 年，成吉思汗在灭西夏前夕病死军营。

· 1234 年，蒙古灭掉金朝。

· 1271 年，忽必烈取《易经》"大哉乾元"之意，改国号为"大元"。忽必烈被称为"元世祖"。

· 1276 年，元朝灭掉南宋，结束了自唐末以来长期的分裂割据局面。

· 1368 年，元朝被朱元璋所灭。

---

① 孟子的母亲仉（zhǎng）氏、陶侃的母亲湛氏、欧阳修的母亲郑氏、岳飞的母亲姚氏。

朝后又受到历代皇帝的赏识，官至翰林学士承旨，封魏国公。管道升也因此夫贵妻荣，受封为魏国夫人，历史上把管道升称为管夫人，就是从这儿来的。管夫人和赵孟頫一共生育了九个子女，其中的第二子赵雍也是著名的画家和书法家。事实上，管夫人一门三代一共出了七位书画家，这在中国历史上恐怕也是绝无仅有。主持这样的大家族当然需要杰出的组织协调能力，在这一方面，赵孟頫对管道升佩服得五体投地。管夫人去世之后，她的丈夫赵孟頫亲自为她撰写墓志，称她"翰墨①词章，不学而能"，又说她"待宾客，应世事，无不中礼合度②"，真是家庭和事业双丰收。那么，管道升是如何做到的呢？我想，做才女在很大程度上仰赖天分，并非人人可学；但是，理顺家事却有技巧，值得总结。

我想和大家分享的第一个案例叫《我侬词》，讲的是夫妻关系话题。词云：

你侬我侬，忒煞情多。情多处，热如火。把一块泥，捻一个你，塑一个我。将咱两个，一齐打破，用水调和。再捏一个你，再塑一个我。我泥中有你，你泥中有我。我与你生同一个衾，死同一个椁。

---

① 翰墨原指笔、墨，借指文章、书画。

② 接待宾客、为人处世上，都符合礼法，有尺度。

这首小词写得大胆直白，任谁看了，都会觉得是一封情书吧？除了热恋中的青年男女，谁会有这样的自信和热情呢？但事实上，管道升写这首词的时候已经年过四旬，徐娘半老。而且，她一向深感自豪的婚姻生活也触了礁，她的夫君赵孟𫖯，居然动了纳妾的念头，还给她写了一首打油词："我为学士，你做夫人，岂不闻王学士①有桃叶、桃根，苏学士有朝云、暮云。我便多娶几个吴姬越女无过分，你年纪已四旬②，只管占住玉堂春。"赵孟𫖯可是元朝公认的大才子，几句话写得层次清晰，逻辑严密。先看第一层："我为学士，你做夫人。"一上来就亮明了身份。我官居翰林学士承旨，算是皇帝的秘书长，正春风得意；而你也妻凭夫贵，当上了吴兴郡夫人。那又怎样呢？紧接着，赵孟𫖯亮出了第二个层次："岂不闻王学士有桃叶、桃根，苏学士有朝云、暮云。"往远里说，东晋的大书法家王献之王学士身边有桃叶、桃根两姐妹服侍；往近里说，宋朝的大文豪苏东坡苏学士也有朝云、暮云两个侍妾追随。古往今来，和我一样身份的人，哪个不是珠围翠绕③，妻妾成群！那么，他到底要得出怎样的结论呢？看第三层："我便多娶几个吴姬越女无过分，你年纪已四旬，只管占住玉堂春。"我如今论才气论官职都不亚于他们，就算多娶几个漂亮姑娘也不算过分，你人老珠黄，别总想着玉堂富贵永留春！

---

① 到底是陶学士还是王学士，存在不同说法。

② 十日为一旬，所以一个月可分为上旬、中旬、下旬。十年也被称为一旬，所以，年过四旬就是指四十多岁。

③ 珠指珍珠，翠指翡翠。用于形容妇女妆饰华丽，也用于形容富贵人家随侍的女子众多。

　　这真是人生的一大危机。因为管道升和赵孟𫖯是出了名的志同道合，比翼齐飞。他能诗善赋，她也清辞丽句；他是楷书四大家①之一，她也是"书坛两夫人②"之一；他是文人画③的标杆，她也是文人画的代表；他擅长的她都擅长，她喜欢的他也都喜欢。这样的婚姻太般配，正因为般配，才容不下一点轻视和亵渎。《红楼梦》里，愚蠢的邢夫人可以主动帮丈夫贾赦去讨小老婆，但是高洁的管夫人眼里揉不得沙子，她没法妥协。

　　这个危机又太难解决。因为当时的社会本来就奉行一夫一妻多妾制，赵孟𫖯的要求并不过分，没准儿还能赢得同情。而管道升呢？若是坚持不让丈夫纳妾，反倒要被扣上"妒妇④"的帽子，受人指摘。既没法接受，又没法不接受，怎么办呢？

　　管夫人当时年已四旬。四十岁拥有的，不仅是一张沧桑的脸，更有一颗智慧的心。她没哭没闹，就像平时夫妻间唱和那样，给赵孟𫖯回了一首小词："你侬我侬，忒煞情多。情多处，热似火。把一块泥，捻一个你，塑一个我。将咱两个，一齐打破，用水调和。再捻一个你，再塑一个我。我泥中有你，你泥中有我。我与你生同一个衾，死同一个椁。"词里写什么？也是三个层次：第一，你爱我，我也爱你。正所谓"你侬我侬，忒煞情多。情多处，热似火"。这是讲感情，唤

---

① 楷书四大家中的其他三位为：欧阳询、颜真卿、柳公权。
② 另一位是东晋女书法家卫铄。
③ 泛指中国古代文人、士大夫的绘画。他们多取材山水、花鸟，强调神韵，追求潇洒脱俗的笔墨情趣。
④ 生性嫉妒的妇女。

起人心。第二,我离不开你,你也离不开我。为什么离不开呢?因为"把一块泥,捻一个你,塑一个我。将咱两个,一齐打破,用水调和。再捻一个你,再塑一个我。我泥中有你,你泥中有我"。我们俩就像两个泥人一样,原本确实是两个独立个体。但是,在漫长的婚姻生活中,咱们都经历了打破、调和、再塑造的过程,早已变成了我中有你,你中有我,我们都有九个孩子了,彼此还能再截然分开吗?这是在讲事实,唤起理性。第三,生是你和我,死是你和我。正所谓"我与你生同一个衾,死同一个椁"。这是在讲决心,生则同衾死同穴,我们之间,永远不可以有第三者!

这首词写得真好,热烈自由,堪称古代抒情典范。但我觉得,最好的还不是这首词,而是词背后管夫人的处世态度——积极,理性,充满热情。什么叫积极?所谓积极,就是面对危机的时候,主动寻求解决。你有来,我就有往,不躲不闪,直面问题。解决问题是要靠理性的,这理性是什么呢?在这场婚姻危机里,理性无非是确定三件事:第一,我能妥协吗?当然不能,我是骄傲的管夫人,我的婚姻不容侵犯,我不能瓦全①。第二,我能放弃吗?当然也不能。我深爱这个人,对此前的婚姻状况高度满意,我不想因为瑕疵而放弃整体,我不能玉碎。第三,他能妥协吗?他当然能。他并非不满意现在的生活,他只是受了世俗的诱惑,有点人心不足。难道他真的

---

① 古人说"宁为玉碎,不作瓦全",用以表达自己宁愿作为玉碎掉,为高尚、正义的事业做出牺牲,也不愿像瓦片一样保全自己,不能为小利而苟全。"玉"和"瓦"分别代表不同的品德高低。

愿意为了一点贪心就毁掉现在的幸福吗?!他不会。问题是,怎样才能说服他呢?所谓说服无非是摆道理和讲感情,而道理,一定要包裹在情感里头。因为按照中国人的理解,脑子才会评判道理,人心却是肉长的,为什么不以情动人呢?这就看出管夫人的厉害了:"情深处,热似火"也罢,"我泥中有你,你泥中有我"也罢,"生同一个衾,死同一个椁"也罢,没有厉声的呵斥,也没有严肃的道理,只有最饱满昂扬的感情。这感情不是少女"逢郎欲语低头笑,碧玉搔头落水中①"的娇羞,也不是少妇"怕郎猜道,奴面不如花面好②"的娇俏,这是一个中年妇女的飒爽英姿,它既不攻击,也不妥协;它理解人性,也相信人性;它直白泼辣,也委婉深沉;它像一把重锤,一下子就击中了赵孟頫的心。

那么,故事的结局如何呢?据说,赵孟頫看了这首词之后大笑起来,从此再也没有动过纳妾的念头。一场危机,就这样变成了一个玩笑,一段佳话。这就是婚姻生活中的高情商。

再看一首管夫人的《题画》诗,这是一个教子的案例。诗云:"春晴今日又逢晴,闲与儿曹竹下行。春意近来浓几许,森森稚子石边生。"这首诗称为《题画》,当然吟咏的是一幅画。画的什么呢?就是管夫人和孩子们的生活。春光明媚,又赶上个大晴天,管夫人就带着几个孩子到竹林下散步。到了大自然中才发现,几天不见,春意又比先前浓了不少,你看那大石头旁边,肥嫩的竹笋都冒出了头,挤挤挨挨连

---

① 出自唐白居易《采莲曲》。

② 出自南宋李清照《减字木兰花》。

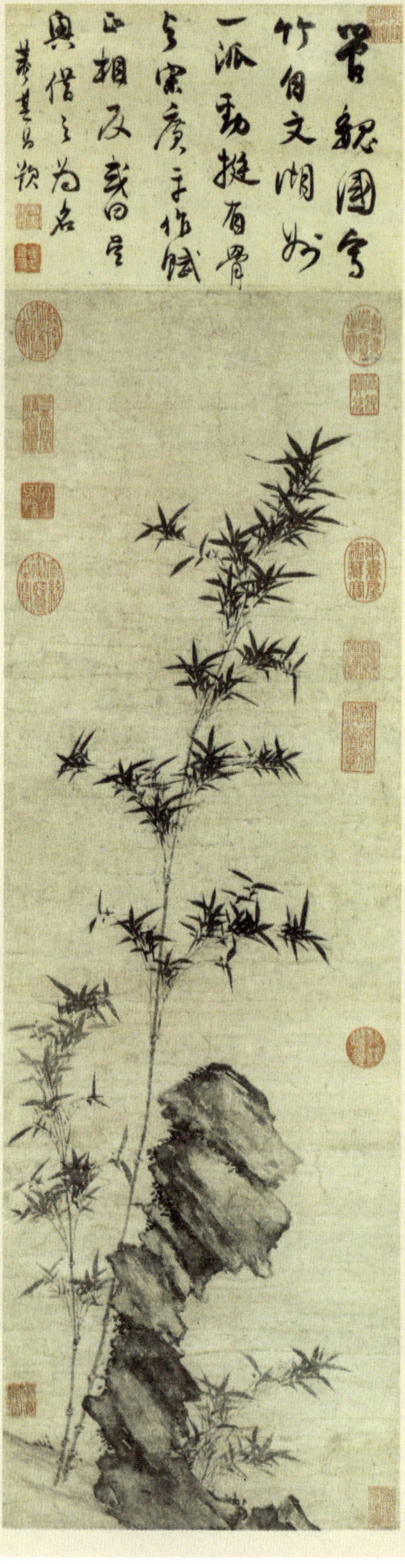

曾親國香
竹自文湘妃
一派瀟湘好
至宗虞手作賦
正相反或曰是
與借之為名
趙孟頫

元 管道升 《竹石圖》 ◎

成了一大片。

　　这首诗写得真不错，既是一首货真价实的题画诗，又是一首情趣盎然的教子诗。可能有读者朋友会疑惑，这诗的落脚点是竹子，跟教子有什么关系呢？这其实就是传统诗歌三大表现手法"赋、比、兴①"之中"比"的应用。那竹林下新冒出头来的"森森稚子"，不就是管夫人身边活蹦乱跳的小小少年吗！事实上，这首小诗不仅跟教子相关，它还隐含了家教中的三大原则：闲闲的陪伴，暗暗的榜样和隐隐的期待。

　　先看闲闲的陪伴。管夫人是个大忙人，她的丈夫赵孟頫官至翰林学士承旨，是朝廷的一品大员。管夫人身为命妇，少不得出入宫禁，往来应酬，这是她的身份使命。管夫人还是赵氏一门的女主人，要管理家业，照应宗族，这是她的家族责任。管夫人本人又是大书画家，研习翰墨、点染丹青，这是她的人生追求。这些责任，哪一个都足以让人分身乏术。《红楼梦》里，王熙凤协理一个宁国府，都要从早到晚，忙得茶饭无心、坐卧不宁，何况是身兼数任的管夫人呢！但与此同时，管夫人还是三子六女九个孩子的母亲。这九个孩子是家族的未来，他们的成长，在管夫人心中，更是重中之重。怎样培育他们呢？"春晴今日又逢晴，闲与儿曹竹下行。"这个"闲"，不是闲来无事，而是忙里偷闲。母亲也罢，父亲也罢，只要做了家长，就算再忙，也要偷出一点时间来留给儿女，近距离地参与他们的生活。这种陪伴，从亲情的角度说，是父母子女的情分；从教育的角度说，是耳提面命

────────────

① 赋：铺陈其事。比：以彼例此。兴：托物兴词。

的基础。当年，高卧东山①的谢安，若不是和侄儿侄女一起围炉赏雪，怎么会激发出谢道韫"未若柳絮因风起"的文坛佳话！可能有的"老母亲"会说，我的陪伴还少吗？每天陪着孩子写作业，都要陪出心脏病了！要知道，陪写作业虽然也是陪伴，却不免太过具体，太过急切，也太过功利，这样一来，陪伴也就变成了督导，少了家庭教育循循善诱的雍容。反观管夫人，竹下闲行之中，"新竹高于旧竹枝，全凭老干为扶持"的亲子之情有了，"未出土时先有节，便凌云去也无心②"的品格教育有了，"绿竹入幽径，青萝拂行衣③"的审美教育也有了，这才是家庭教育的无用之用，不闲之闲。

再看暗暗的榜样。我们中国的父母喜欢给孩子树榜样，这榜样有一个共同的名字，叫"别人家的孩子"。别人家的孩子用功，别人家的孩子懂事，别人家的孩子能干。你若努力赶上了这一位"别人家的孩子"，还会有下一位"别人家的孩子"在前方等着你。你只是一个人，"别人家的孩子"却是"子子孙孙无穷匮也"，想想不免令人沮丧。这种榜样的问题出在哪里？出在一个过于直白的"比"字上，他比你强，你比他差，一旦出现了这样明白的比较，就会产生争竞之心，而不是羡慕之情，也就失去了学习榜样的真诚动力。管夫人怎么树立榜样呢？她不用去找"别人的孩子"，她自己就是榜样。管夫人不仅带着孩子竹下闲行，她还曾经画过一幅《修竹图》，上面

---

① 东山是古代山名，东晋谢安曾隐居于此。后人们以高卧东山比喻隐居不仕。
② 出自宋徐庭筠的《咏竹》。
③ 出自唐李白《下终南山过斛斯山人宿置酒》。

写了几句话，算是夫子自道："墨竹，君子之所爱也。余虽在女流，窃甚好学。未有师承，难穷三昧①。及侍吾松雪十余秋，傍观下笔，始得一二。偶遇此卷闲置斋中，乃乘兴一挥，不觉盈轴，与余儿女辈玩之。"短短几句话，却有三大不凡之处。哪里不凡呢？第一，好学不凡。一位古代的贵妇，不喜欢金王珠宝，却仰慕竹子的气节，在相夫教子之余跟随丈夫学画竹子，一学就是十几年，终于能够做到"乘兴一挥，不觉盈轴"的程度，这是何等高贵的精神！看着这样好学的母亲，儿女怎么会领悟不到学习的真谛？第二，"吾松雪"不凡。所谓"松雪"，是指赵孟𫖯的别号"松雪道人"。一位古代的妻子，谈到自己的丈夫，不叫官人，不叫老爷，而是既平等又充满爱意地叫着"吾松雪②"，这不就是"你侬我侬，忒煞情多"吗？看着与丈夫相亲相爱而又平起平坐的母亲，儿女怎么会领悟不到家庭关系的真谛？第三，"与余儿女辈玩之"不凡。一幅精心绘制的画作，不收起来珍藏，也不拿出去炫耀，而是跟儿女一起把玩，这不就和居里夫人给孩子玩诺贝尔奖章是一个道理吗？看着这样潇洒的母亲，儿女又怎能不领悟生活的真谛？孩子是看着父母的背影长大的，这背影就是身教。管夫人一定不会对子女说跟我学，但是，她这种暗暗挺立的身姿本身就是家庭教育最核心的力量，这才叫"桃李不言，下自成蹊"。

最后看隐隐的期待。为什么管夫人眼里春意盎然，心里春光无限？因为此刻的"森森稚子"，来年又是一片青青翠竹。同样，此时

---

① 不能完全领悟和掌握其艺术精髓。
② 即"我家松雪"的意思。

身边娇痴玩耍的小儿女，长大以后，也会成为温润君子和窈窕淑女，成为管道升与赵孟頫生命与精神的延续。所以管夫人带着孩子，看着竹笋，才会觉得春意渐浓，心头暗喜。这是一种隐隐的期待，这期待不是为官做宰，也不是成名成家，它不是任何具体的目标，它只是对生命的信任，对未来的乐观。这也是家庭教育最自然，也最打动人心的地方：有你真好，看你长大真好。这不才是我们对待孩子的初心，也是家教最真诚的出发点吗？

当年，元仁宗曾经将赵孟頫、管道升以及他们的儿子赵雍的书法合装为一轴，收藏到秘书监中。他说："使后世知我朝有一家夫妇父子皆善书也。"很明显，元仁宗也是一位有文化教养，也欣赏文化教养的皇帝，他由衷地赞赏着这个快乐而有为的家庭，把他们看成元朝的脸面。一家夫妇父子都有成就，这需要造化，可以羡慕，很难模仿。但是，一家夫妇父子和平快乐，"你侬我侬，忒煞情多"，却是可以

修养出来的美事。古代和今天固然有巨大的时代差异，但人性却总有相通之处，但愿管夫人的齐家之道能如竿竿翠竹，在中华文化的土壤中暗暗滋长，长成一片又一片茂密的竹林。

【思考历史】

◇ 了解一下"书坛两夫人"里的卫铄，她是书圣王羲之的启蒙老师。

◇ 了解一下赵孟頫在内的楷书四大家，对比下他们不同的书法风格。

元 赵孟頫 《鹊华秋色图》 ◎

傅抱石 《崇岭隐士》 ◎

秦良玉

◇

　　中国的历史本来就是由汉族和少数民族共同写就的。就以王朝承继来说吧，宋朝之后是元朝，元朝之后是明朝。明朝的开国皇帝朱元璋以恢复汉人正统自居，还曾经发出过"驱逐胡虏，恢复中华"的号召，但是他万万没想到，二百多年之后，在他的后嗣，明朝最后一位皇帝明思宗，也就是崇祯①皇帝的时代，大明的江山还要靠一位出身"蛮夷"的少数族裔将领来保卫，而且，这位少数族裔将领还是一位女性，她的名字叫秦良玉。

　　这样一来，一种很有趣的"番"汉②交融现象也就出现了。元朝有一位女书画家管道升，靠文采收服了一位少数民族皇帝元仁宗，让这位皇帝心甘情愿地给她出画册；而本篇的主人公，明朝的土司女将秦良玉，却靠武力收服了一位汉人皇帝明思宗，让这位皇帝热情洋溢地给她写诗文。据说，崇祯皇帝给秦良玉写的诗一共有四首，其中第

---

① 明思宗朱由检的年号是崇祯。

② 番汉指外族与汉族。番邦指外国或外族。

一首最为著名。诗云："蜀锦征袍自裁成，桃花马上请长缨。世间多少奇男子，谁肯沙场万里行！"

这首诗其实就概括了秦良玉一生的功绩，也反映出那个时代对女性的认识。怎么看这首诗呢？我们从后两句开始，倒着看。

"世间多少奇男子，谁肯沙场万里行！"这两句诗说的是秦良玉的武功。虽然我们中国人喜欢讲花木兰替父从军，杨家将十二寡妇征西这一类女将报国的故事，但是，真实存在的女将数量其实少之又少。如果不算年代过于久远，只存在于考古遗迹之中，事迹半明半暗的商王武丁的妻子妇好①，那么，真正载入史册的，也只有冼夫人、平阳公主、梁红玉等寥寥几人而已。在这几个人中，冼夫人的事迹记载在《隋书·列女传》里，平阳公主的事迹记载在《唐书·公主传》里，而梁红玉呢，只是在她丈夫韩世忠的传记里稍稍提了一笔。这么一比较，大家就能发现秦良玉的非凡之处了：在古代所有女将之中，秦良玉是唯一一位载入正史将相列传而非《列女传》的巾帼英雄，也是唯一一位凭战功封侯的女将军。她的事迹被记载在《明史》第二百七十卷《秦良玉》，她也被南明②的隆武皇帝加封为太子太保、忠贞侯。那么，秦良玉究竟有什么业绩，能够当此殊荣呢？

第一是平定播州土司杨应龙。明神宗万历二十七年（1599），播州土司杨应龙造反，这是历史上所谓的"万历三大征③"之一，对

---

① 妇好是中国第一位用文字记载的女将，她的墓葬位于安阳殷墟。

② 南明是李自成攻陷明朝都城后，明朝宗室们在南方相继建立的政权的合称。

③ 万历二十年前后出现的三大战争：平定宁夏叛乱、东征御倭援朝、平定播州叛乱。

· 1351年，因为元朝末年统治者残暴无道，韩山童、刘福通领导红巾军起义。各地纷纷揭竿而起。

· 1352年，朱元璋投奔郭子兴的起义军。

· 1363年，朱元璋消灭陈友谅，1367年消灭张士诚。

· 1368年，朱元璋消灭元朝，在应天（南京）即皇帝位，国号"大明"。

· 1398年，朱元璋去世后，皇太孙朱允炆（wén）即位，即明惠帝。他为加强中央集权，开始削去藩王的权力。藩王谋反，燕王朱棣攻占京师，史称"靖难之役"。

· 1402年，朱棣即位，改元永乐。后迁都北京。

· 1435年，朱祁（qí）镇继位，即明英宗。太监王振把持朝政，国力日渐衰微。

· 明朝末年爆发李自成、张献忠等农民起义。

· 1644年，李自成率军攻占北京。当时的崇祯皇帝在煤山（今北京景山公园内）自缢，明朝灭亡。

明朝

明朝西南的安全形成巨大威胁。当时，年仅二十五岁的秦良玉就跟随丈夫，石柱土司马千乘参与对杨应龙的征讨。当时，马千乘领军三千，而秦良玉则以"土司马千乘妻秦氏"的身份，直接统属五百兵马押运粮草相随，获得"南川路战功第一"的战绩。主持播州之役

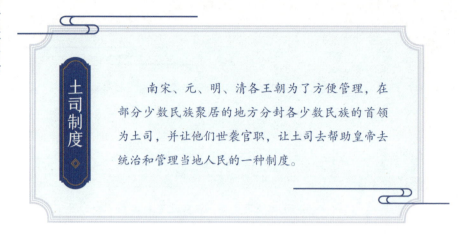

土司制度

南宋、元、明、清各王朝为了方便管理，在部分少数民族聚居的地方分封各少数民族的首领为土司，并让他们世袭官职，让土司去帮助皇帝去统治和管理当地人民的一种制度。

的湖广川贵军务总督李化龙还特地为秦良玉打造银牌一面，上书"女中丈夫"四字，来表彰她的功劳。此后马千乘因为开矿的事务得罪了京都太监丘乘云，被卷入诉讼，死于大狱，秦良玉也按照明代土司管理规章，顺理成章地继承了丈夫的职位——石柱宣抚使，成为当地的女土司。这是她第一次领兵作战，也是她一生事业的基础。

第二是抵御后金。明朝末年，努尔哈赤和后金[1]逐渐成为明朝最大的敌人。本来，秦良玉所在的石柱县位于重庆，而努尔哈赤的后金地处辽东，两者远隔千里，一点关系都没有。但是，后金的军队锐不可当，而秦良玉的军队也是当时的一支劲旅，所以，明朝君臣多次征发秦良玉千里驰援。其中最激烈的一次战役就是明熹宗天启元年（1621）的浑河血战。当时，努尔哈赤率领几万士兵猛攻沈阳，秦良玉则派出自己的哥哥秦邦屏带领四千白杆兵[2]力战，来解沈阳之围。

[1] 努尔哈赤统一女真各部，于 1616 年即汗位，国号"金"。为了和宋朝时期的金朝相区别，史称"后金"。1636 年，皇太极即后金皇帝位，改国号为"清"。
[2] 秦良玉的部队所用长矛皆以白木为杆，不加装饰，因此被称为"白杆兵"。

就这区区四千白杆兵，居然打退了数万八旗[1]劲旅的三次冲击，杀伤八旗兵两三千人，但自己也筋疲力尽，死伤惨重，秦邦屏就是在这次血战之中殉国。秦邦屏战死后，秦良玉制作了一千五百件冬衣，分发给浑河之战后剩下的石柱残兵，自己又率领精兵三千抵达山海关，继续作战。这样前赴后继的英雄气概，让当时的兵部尚书张鹤鸣钦佩不已，他上奏朝廷说："浑河血战，首功数千，实在是石柱、酉阳两位土司的功劳，应该予以褒奖。"这里的石柱土司，就是秦良玉。

第三是抗击张献忠。明思宗崇祯六年（1633），明朝已经是内外交困。外有后金兴兵关外，内有李自成、张献忠[2]纵横驰骋。就在这种情况下，秦良玉又奉调回到重庆，全力对抗张献忠和另一个起义领袖，外号"曹操"的罗汝才。当时，四川巡抚邵捷春只带着弱卒两万人保卫重庆，这样一来，重庆防务几乎完全压在了秦良玉身上。邵捷春是福建福州人，进士出身，既不通军事，又不知川蜀地理，可以想象，秦良玉面对这样的军事统帅，内心该是何等绝望。而且，以她的聪明，她也很早看破了大明朝廷官员"以蜀为壑"，愿意把四川、重庆放弃给起义军的意图，尽管如此，她仍然愿意做最后一搏。她一人单骑面见邵捷春，说："现如今情况危急，如果把我的土司部队全部征调起来，扫地为兵[3]，还能再多出两万部队，我本人出一半的军饷，朝廷出一半的军饷，还可以决一死战。"想想看，对于一个小小的石

---

① 八旗制度是努尔哈赤创立的军事、政治和经济合一的社会组织。

② 李自成、张献忠都是明末农民起义领袖。

③ 大量征兵。

柱土司，这两万部队和一半军饷意味着什么？意味着秦良玉已经毫无保留，把全部家底都交出来了，对朝廷够赤胆忠心、披肝沥胆了吧？那么，邵捷春怎么考虑这个问题呢？他根本没有斗志，摇摇头拒绝了秦良玉的提议，主帅如此，秦良玉也就没办法了。

　　从崇祯六年（1633）开始，秦良玉殚精竭虑，保卫重庆长达十一年之久。终于，到崇祯十七年（1644）春天，张献忠大举进攻重庆，秦良玉寡不敌众，手下三万白杆兵全军覆没，秦良玉单枪匹马回到了石柱。这时候，秦良玉终于死心，她知道自己已经无法挽救四川，挽救明朝了，但是，就算只剩下一个人，她至少还得为家乡而战。她的家乡，就是她当土司的石柱。石柱现在叫石柱土家族自治县，是湖北和重庆的交界之地，山高林密，宗族发达。秦良玉退守石柱之后，召唤族人，跟他们相约"有从贼者，族无赦"，杜绝内部的奸细，然后再派兵把守石柱四境，坚决抵抗外敌入侵。这样的防守结果如何呢？当时，张献忠四处拉拢西南土司，却唯独不敢涉足石柱地界。直到张献忠败死，石柱始终独立不屈。隆武二年（1646），远在福建的隆武帝派使节专程赶赴石柱，加封秦良玉太子太保衔，封忠贞侯，同时，西南的永历帝也加封秦良玉为太子太傅，任以四川招讨使。这个时候，距离崇祯皇帝吊死煤山已经过去了两年之久，石柱却仍然是明朝的疆土，而秦良玉也仍然是明朝的将军。这个身份，一直持续到永历二年（1648），秦良玉以七十四岁的高龄寿终正寝。我们看书听戏，经常会讲杨家将满门忠烈的故事，其实，秦良玉一家也是满门忠烈。她的哥哥秦邦屏、秦邦翰，弟弟秦民屏都牺牲在辽东战场，她唯一的儿子马祥麟牺牲在襄阳战场，儿媳张凤仪牺牲在河南的侯家庄战场。马祥麟临死之前，曾经给秦良玉写信："儿誓与襄阳共存亡，愿大人勿以儿为念！"而秦良玉的回信只有一句："好！好！真吾儿！"这真是母亲威武，儿女英雄。

那么，问题又来了，秦良玉为什么这么能打？有两个因素至关重要。

第一，她不是汉人。《明史》称秦良玉为"土舍（shè）妇人"，所谓"土舍"，并不是"土房子"，而是专指明清时代西南地区的土司及其亲属。西南地区高山大河，古代中原王朝并不能在这些地方实施直接统治，只能分封这些地区的本土统治者，让他们"世有其地、世管其民、世统其兵、世袭其职"，也就是说，世世代代统治这个地方。秦良玉就出身于这样一个地区，这样一个群体。这对秦良玉来说太有意义了。如果是汉族妇女，在明朝会怎样呢？汉族妇女首先就得缠足。别看在戏剧舞台上，武旦可以踩着跷，装出一副小脚妇女的样子跑圆场，打出手，但事实上，缠足的妇女是不可能真正走出家门的。而且，汉人的文化传统也要求她大门不出二门不迈。但是秦良玉不同。她少年时就和兄弟一起学习骑射，练得一身好武艺。据说，她父亲曾经感慨道："可惜你是个女儿，不能施展本领。"秦良玉当即回了一句："只要给我机会，我一定不比冼夫人差！"注意到没有？她的偶像，也是跟她一样的少数民族女首领冼夫人。那么，她到底得到机会没有呢？她得到了，秦良玉二十二岁的时候，嫁给石柱土司马千乘为妻，随即就跟丈夫一起带兵打仗，而且还在丈夫死后顺理成章地接班，继续在石柱领兵领民，这才能让她的军事才华充分发挥出来。否则，就算威武如梁红玉，不也只能是擂鼓战金兵，充当丈夫的助手吗？

第二，她有一支精锐部队，叫"白杆兵"。这可是她和丈夫马千乘精心训练出来的一支部队。这支部队的秘密武器就是白杆枪。所谓白杆枪，就是用结实的白蜡树做成长杆，白杆的上面配上带刃的钩，下面则配上坚硬的铁环，作战时，钩可砍可拉，环则可做锤击武器。必要的时候，这白杆还能当绳索使用，只要把数十根白杆的钩环相接，就可以成为越山攀墙的工具，让士兵们像猴子一样攀上悬崖峭壁，插入敌人后方，所以非常适合山地作战。不过，秦良玉的白杆兵厉害，还不仅仅是因为武器趁手，更重要的是，这支军队是名副其实的父子兵。一般明朝的官军都是乌合之众拼凑而成的，碰到贼军就逃跑，缺乏粮食就骚乱，军纪涣散，军心不稳。但是，白杆兵不一样，他们之间本来就是同乡同族，家人父子关系，最能同心同德，生死相依。就拿秦良玉一家来说吧，播州之战，秦良玉和丈夫马千乘率宗族参与战事；浑河之战，秦良玉的兄长秦邦屏和秦邦翰战死，弟弟秦民屏负伤突围而出，秦良玉闻讯，当即和她的儿子马祥麟一道北上驰援，誓死要为她的兄长复仇，在后续的战斗中，秦良玉之子马祥麟眼睛中了一箭，仍然拔箭策马防御不退。再到后来，抵御罗汝才、张献忠，则是秦良玉与侄子秦翼明组团，马祥麟与妻子张凤仪组团，全力协助，共同战斗。可以说，秦良玉的土司兵就是秦家的子弟兵。子弟兵本来就最有战斗力，中国历史上的戚家军、岳家军、杨家将不都是这个道理吗？但是，在传统中原社会，军队的家族化和地方化又是皇权的大忌，所以经常受到打压，而秦良玉的土司兵，却恰恰因为山高皇帝远才保存下来，这才能够在关键时刻发挥作用。

这样说来，我们就明白秦良玉能打的道理了，她来源于汉人以外的另一个文化传统，在那个文化传统里，军队都是自家子弟，女人也可以上阵杀敌。如果说中华文明是一条大河，那么，这就是其中一个充满勃勃生机的支流。

女英雄打出了自己的威风，那么，当时的人又怎么看待她呢？这恰恰又可以用《赐秦良玉四首·之二》中的前两句来分析。

"蜀锦征袍自裁成，桃花马上请长缨。"白杆兵的战袍都是秦将军拿出蜀锦，自己裁成的，她跨上毛色白里带红的桃花马，主动勤王请缨。崇祯皇帝真是一位不错的诗人，蜀锦袍，桃花马，这样绮丽的词句，一下子就让诗文有了色彩，秦良玉将军都被烘托得神采飞扬了。可是，这鲜明的色彩背后，也有着同样鲜明的性别意识。崇祯皇帝为什么一定要写"蜀锦征袍自裁成"？除了用词华丽之外，还因为裁缝衣服这一类女红（gōng）针黹①（zhǐ），本来就是女人的本分，秦将军既然是女人，不给她配一把剪刀怎么行！"桃花马上请长缨"也是如此。秦将军可不能骑什么赤兔马、黄骠马，那些马都太过粗糙，太过雄健了，只有俊秀的桃花马，才能配得上美貌的女将军。这是多么强烈的性别暗示啊。

其实，不只是这一首诗带有强烈的性别色彩，崇祯皇帝的其他赞美诗也是如此。比如，《赐秦良玉四首·之四》："凭将箕帚作蝥（máo）弧，一派欢声动地呼。试看他年麟阁上，丹青先画美人图。"什么意思呢？秦将军拿着扫帚当军旗，把满洲铁骑都扫出了北京城，全城军民庆祝胜利，笑语欢呼。日后在麒麟阁画英雄人物的画像时，

---

① 缝纫、刺绣等针线活。

一定要先画秦将军这幅美人图。别看秦良玉的精锐部队是白杆兵，但在崇祯皇帝的心目中，秦将军打败敌人的武器可不是白杆枪，而是一把扫帚，因为古代妇女的职责不就是执巾栉^①（zhì），奉箕帚，打理家庭吗！而且，以后在麒麟阁里给英雄画像的时候，秦良玉将军可不能像一般武将那样威风凛凛，她的画像应该，也必须是一幅美人图。事实上，流传到今天的秦良玉画像，还真就是一幅穿了铠甲的美人图。

那么，这种鲜明的性别意识是不是崇祯皇帝一个人的想法呢？当然不是。但凡是古代的女将军，不都是这个待遇吗？花木兰出征之前，一定是"唧唧复唧唧，木兰当户织"，回到家之后，也必须得"当窗理云鬓，对镜贴花黄^②"。就连《红楼梦》里，贾宝玉虚拟的那位娲婳^③（guǐ huà）将军林四娘，也要写成"眼前不见尘沙起，将军俏影红灯里；叱咤时闻口舌香，霜矛雪剑娇难举^④。"一副十足的女娇娥模样。这就是古人心目中固定不变的女性想象。

问题是，真实的秦良玉是不是真的如此女性化呢？万历四十八年（1620），曾经有一位名叫黄中允的朝鲜使节，在通州遇到了率军援辽的秦良玉，并将所见所闻写在了一本《西征日录》中。他说："万历四十八年五月十五日我们来到曹庄，遇到了秦良玉。她的身材

---

① 毛巾和梳子。泛指盥（guàn）洗用具。

② 花黄，古代妇女的一种面部装饰物。这一句的意思是，对着窗户整理像云一样柔美的鬓发，对着镜子在额上贴好花黄。

③ 娴静美好的样子。

④ 意思是，眼前看不到沙尘扬起，只看到红灯里女将军俏丽的身影。她怒喝时口舌生香，较弱的身躯很难举起闪着寒霜的长矛和如雪长剑。

非常肥大，网巾、靴子、袍带都用男子的规格。她能读书写字，熟于兵书，在马上用重八十斤的双股剑，年龄三十五六，吹角打鼓乘轿，气势颇为雄壮。她的丈夫姓马，已经死了，儿子十六岁，他的母亲、姐姐、兄弟带领各队。女兵共有四十余名，穿戴战笠、战服、黑靴红衣，跨马驰突起来，和男子中骁勇强健者区别不大。"

很明显，和皇帝笔下如花似玉、贤良淑德的女将军不同，真实的秦良玉是雄壮的，连她手下的女兵，也都战靴战袍，跨马驰突，与男性并没有多大差别。换句话说，"红妆"和"沙场"之间的激烈冲突，在真实的秦良玉身上并不存在，至少没有那么富于戏剧性。我丝毫不怀疑，让"红妆"和"沙场"对立起来，会让画面显得更加唯美，充满文人情趣；但是我觉得，一个更像军人的军人，才能真的打赢战争。就像毛泽东主席在《七绝·为女民兵题照》中所写的那样："飒爽英姿五尺枪，曙光初照演兵场。中华儿女多奇志，不爱红装爱武装。"

【思考历史】

◇ 为何古代男性眼中，即便是女将军也都是漂亮女娇娥的模样？你觉得是什么原因？

◇ 了解万历三大征，看看《万历十五年》，想一想明朝为何由盛转衰？

◇ 了解土司制度，思考一下设置这一管理制度的用途。

凉散瑶簪影
橫琴每夕煙
静涵千澗水
生送陽溪雲
仙樂鈞天夢
秋聲話羽聲
綺寮風細香
沁爲絲帽

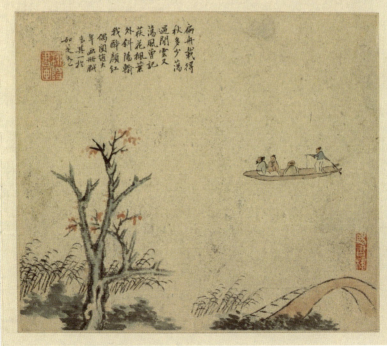

扁舟載得
秋多少萬
迴閒雲又
蕩閒雲記
荻花根葉
外斜陽翰
我醉顏紅
偶閬道夫
年年畫冊
東其一托
如是之

晚明真是一个奇异的时代。一方面，市民经济日渐活跃，到处锦衣玉食、花天酒地，颇有一种"急催弦管送年华①"的行乐气息；另一方面，却是边衅②匪患交织，朝廷腐朽，国事已如一团乱麻，又让人时刻产生"报国欲死无战场③"的愤懑（mèn）心情。这正义的愤懑与淫靡的享乐都激荡在了十里秦淮河④，于是，就有了才情与气节并重的秦淮八艳，有了明末秦淮八艳之首——爱国志士柳如是。

中国古代的男诗人，基本上都出自"士"这个阶层，跟参加科举、入仕为官的人群范围差不多。女诗人却不一样，她们之中有一部分出自闺秀，其实就是读书人的妻子、女儿和姐妹，和男诗人的社会阶层一致。但是，还有另外一部分出自青楼。这两类女诗人哪一类的

---

① 出自唐朝韦庄的《咸通》。

② 边界上的冲突。

③ 出自南宋陆游的《陇头水》。意思是想要以死报国，但却英雄无用武之地，没有战场。

④ 古代南京的歌楼舞馆，并列在秦淮河的两岸。河上则是画舫游船。

成就更高呢？还真难以一概而论。一般而言，闺秀诗人自带书卷气，算是"腹有诗书气自华①"的典范，品位高雅、情感细腻，但是往往生活阅历不够丰富。闺秀每天大门不出、二门不迈，能够接触到的人无非是父母、兄弟、丈夫这样的亲人，这些亲人若是性格开朗、思想先进，还能够跟她们讲论文章诗句，让她们受一些启发，得一些进步；若是亲人观念保守，或者自身才气不够，那闺秀诗人发展的空间就极为有限。就拿《红楼梦》来说，贾探春等几位大观园才女不是结了一个海棠诗社吗？可是社里的成员，也只有自家姐妹姑嫂那么几个人，唯一的男性成员贾宝玉，虽然观念进步，对姐妹们的才华赞叹不已，但是自身水平却有点欠缺，在姐妹之中往往垫底，也就谈不上给姐妹们什么指点了。这就是闺秀诗人的不足之处。

青楼诗人却不然。她们出身卑微，大多数都有一段不堪回首的前尘往事，或许文化底蕴远不如闺秀，但是，她们迎来送往的，却往往是全国第一等文人。中国古代的婚姻和恋爱互不关联，文人们娶妻，自然是要娶和自己门当户对的闺秀，但是喜爱的对象，却不会是闺秀，因为闺秀们一定是洁身自好、不见外人的。这样一来，文人们的情感需求，往往只能从青楼取得。所以从隋唐有科举制开始，青楼女子就和举子结下了不解之缘。与唐代青楼女子云集的平康坊隔一条大街，就是尚书吏部所在地，也是科举考试的举子们云集的崇仁坊。进士得中之后，白天到朝廷谢恩，到曲江欢宴；晚上呢，就到平康坊来享受

---

① 出自宋朝苏轼的《和董传留别》"粗缯（zēng）大布裹生涯，腹有诗书气自华"。意思是，就算一生身上都只穿着粗衣劣布，只要胸中有诗书气质自然光彩夺人。

青楼女子们的爱慕和崇拜。明朝也是如此。十里秦淮河，一边是南方地区会试的总考场江南贡院，也就是今天南京的科举博物馆，另一边则是青楼云集的长桥旧院。江南的才子们考试之余，纷纷到章台柳巷玩乐，这样一来，居住在这里的女子也就得以结交天下俊彦。所谓"下棋找高手，弄斧到班门[①]"，和文人交往多了，秦淮河畔的青楼女子们无论在眼界还是在趣味上都有不俗的表现，甚至真成了文人们的益友。这就是青楼诗人的优势。柳如是就出身于这样一个青楼群体。这个群体世称"秦淮八艳"，汇集了明末清初南京秦淮河上的八个南曲[②]名伎，分别是顾横波、董小宛、卞玉京、李香君、寇白门、马湘兰、柳如是和陈圆圆，在这八个人中，柳如是才华最高、经历最奇，堪称八艳之首。

柳如是不仅像当时一般青楼女子那样精通音律，还能诗、能画、能书。她的书法被清朝的两代帝师——大书法家翁同龢[③]（hé）称为"铁腕拓银钩[④]"，称赞她"奇气满纸"；她的画作《月堤烟柳图》现存收在故宫博物院，《人物山水册》现存收在美国弗利尔美术馆；她的传世诗文有《湖上草》《戊寅草》《红豆村庄杂录》《东山酬和集》等若干部，被认为是"艳过六朝，情深班蔡"。

---

① "班"指古代巧匠鲁班。有个成语叫"班门弄斧"，在鲁班门前舞弄斧子，比喻在行家面前卖弄本领，不自量力。而"弄斧到班门"则是一种敢去向行家请教比较，以此来激励自己前进的态度。

② 宋元时期流行在南方的戏曲、散曲所用的音乐。节奏较舒缓，声调绵连婉转。

③ 清朝咸丰时期进士第一名，当过同治帝、光绪帝的老师。

④ 银钩用于形容书法曲劲有力。

如果一定要在众多作品中挑出一个代表作，那么入选的应该就是《金明池·咏寒柳》：

> yǒu chàng hán cháo　wú qíng cán zhào　zhèng shì xiāo xiāo nán pǔ　gèng chuī qǐ　shuāng tiáo
> 有怅寒潮，无情残照，正是萧萧南浦。更吹起，霜条
> gū yǐng　hái jì de　jiù shí fēi xù　kuàng wǎn lái　yān làng xié yáng　jiàn xíng kè　tè
> 孤影，还记得，旧时飞絮。况晚来，烟浪斜阳，见行客，特
> dì shòu yāo rú wǔ　zǒng yì zhǒng qī liáng　shí fēn qiáo cuì　shàng yǒu yān tái jiā jù
> 地瘦腰如舞。总一种凄凉，十分憔悴，尚有燕台佳句。
>
> chūn rì niàng chéng qiū rì yǔ　niàn chóu xī fēng liú　àn shāng rú xǔ　zòng ráo
> 春日酿成秋日雨。念畴昔风流，暗伤如许。纵饶
> yǒu　rào dī huà gě　lěng luò jìn　shuǐ yún yóu gù　yì cóng qián　yì diǎn dōng fēng
> 有，绕堤画舸，冷落尽，水云犹故。忆从前，一点东风，
> jǐ gé zhe chóng lián　méi ér chóu kǔ　dài yuē gè méi hún　huáng hūn yuè dàn　yǔ yī
> 几隔着重帘，眉儿愁苦。待约个梅魂，黄昏月淡，与伊
> shēn lián dī yǔ
> 深怜低语。

什么意思呢？正是那令人惆怅的寒冷江潮，正是那无情无绪的斜阳残照，正是那送别故人的南浦萧萧。风吹起一株寒柳，那结着清霜的柳条，让人不禁想起春天的时候，她那漫天飞舞的飞絮飘飘。天色将晚，在如烟的波浪和渐渐低垂的斜阳里，她见到远行的客人，那一束纤腰，仿佛还在向客人舞蹈。这情景，总是一种凄凉，十分憔悴，却仍然引逗出当年李商隐的《燕台四首》①，让柳枝姑娘魂牵梦绕。春天的艳阳，已经酝酿着秋天的苦雨，想起往昔杨柳轻扬的风流，让她不禁暗伤如今的愁苦。纵然是仍有画舸绕堤周游，仍有水云依稀如旧，

---

① 分为春夏秋冬四首，抒发了对于佳人一年四季的相思之情。

她也还是觉得冷落凄楚。想从前，她曾借着一点东风，透过重重帘幕，窥见一个佳人，在那里眉头紧锁。想是佳人也有一腔心事吧，真想约上一个梅花的灵魂，趁着月色浅淡的黄昏，跟那个佳人深怜低语。

什么叫作情景交融，物我一体？这一阕词堪称典范。说是咏寒柳，这寒柳却已经和柳如是融为一体。就像寒柳曾经有过柳枝清扬的春日光景，柳如是何尝没有过风流潇洒的昔日时光！十几岁的时候，她和才气纵横的宋征舆（yú）恋爱，她让宋征舆在大冬天跳到水里，宋征舆就毫不犹豫地跳到水里。后来，她又和大名士陈子龙恋爱，两个人在松江南楼互相唱和。可是，"春日酿成秋日雨"，当年的肆意美好之中，已经隐藏着后来的全部不幸。宋征舆被严厉的母亲拉走了，陈子龙的原配夫人则闹上南楼，柳如是不堪受辱，只好愤然离去，流落在南浦之上，江淮之间。此时此刻，追忆当年，岂不是"念畴昔风流，暗伤如许"？就这样，写寒柳，想自身，人与柳融为一体了吧？可是，更妙的是，到结尾的地方，人和柳又分开了。在寒风中萧瑟的柳枝惦记着在重帘后叹息的佳人，想要约上一个梅花的灵魂，一起去找这佳人低语。这柳，这梅，这人，又成了一而三、三而一的关系，让人不禁感慨，这是多么奇妙的想象，又是多么清洁的灵魂啊。

古往今来，这阕词打动了很多饱尝生活艰辛的人，比如，隋唐史大师陈寅恪先生，就最喜欢柳如是这一阕《金明池·咏寒柳》。晚年的时候，他把自己的小楼命名为金明馆，书斋命名为寒柳堂，他的书稿，也因此集结成了《金明馆丛稿初编》《金明馆丛稿二编》和《寒柳堂集》，由此可见这阕词的影响力。不过，陈寅恪对柳如是的钦佩还不止于此，更重要的是，陈先生还在垂老之年，目盲之际，单凭口述，撰成近 80 万字的《柳如是别传》，这里致敬的，可就不仅仅是柳如是高超的才气，更是她传奇的经历了。

什么样的经历才叫传奇呢？有三件事至今让人击节称叹。

第一件是尊严出嫁。柳如是曾经有过几段感情，但是，她的情人都无法接受她的青楼身份，最终离她而去。直到崇祯十一年（1638），二十岁的柳如是遇到了五十六岁的钱谦益。钱谦益当时的身份，是已经辞官归隐的原朝廷礼部侍郎，但柳如是更看重的，是他的另一重身份——大名鼎鼎的东林党领袖。东林党是明末江南士子结成的政治集团，因为依托无锡东林书院讲学，所以被称为东林党。东林党注重气节，宁折不弯，是当时士人心中的偶像。而柳如是虽然身为青楼女子，却也不乏精神追求，一向以士君子自居。这样一来，钱谦益在她心目中的分量就重了。柳如是是一个潇洒的女子，她不像一般小女人那样惺惺作态，等着人上门追求，她主动出击，去找钱谦益了。崇祯

东林党

明朝神宗后期，政治日益腐败，社会矛盾激化。当时有个吏部郎中叫顾宪成，世称东林先生。他被革职还乡后，倡议重修东林书院，围绕书院集结了一批江南士大夫，他们组成的政治集团被称为东林党。

东林党人针砭时政，并与当时专权的宦官魏忠贤相抗衡，因此遭到了魏忠贤的迫害。

十三年（1640），柳如是一身男装，拿着名帖，拜访钱谦益，跟他纵论天下大事，侃侃而谈。这一番豪情，大大震撼了垂老的钱谦益，两个人的感情迅速升温。一般佛经的开头，不都有"如是我闻"这四个字吗？钱谦益干脆在自己居住的半野堂建起一座"我闻"室，呼应柳如是的芳名。这还不算，崇祯十四年（1641），钱谦益在已有一妻二妾情况下，坚持用娶妻之礼，聘柳如是为夫人。这件事在当时太惊世骇俗了。因为依照明朝的道德标准，士大夫去青楼，叫风流韵事，不仅不足挂齿，反倒还算是一段佳话。但是，要礼聘青楼女子为妻，那就不再是风流倜傥，而是伤风败俗了。钱谦益是当时的士林领袖，那些循规蹈矩的读书人完全无法接受他的这种行为，一时之间舆论哗然。他们乘船回到苏州家乡，婚船所过之处骂声不绝，好多人甚至站在岸边，往船上扔石头。但是钱谦益不为所动，坚持让仆人管柳如是叫夫人，他自己则尊柳如是为"河东君①"。只此一件事，我们就得承认，钱谦益确实有超越侪（chái）辈②的不同凡响之处。

钱谦益坚持以礼相待，柳如是又如何呢？柳如是和钱谦益一样不同凡响。她出身青楼不假，她嫁入高门不假，但她一点也没有受宠若惊，更不会做小伏低，她就是堂堂正正的柳夫人。在这一点上，她太有超越性了。其实，就在柳如是嫁给钱谦益之前，另一位秦淮八

---

① 在古代每郡的显贵世家，为一郡人们所仰望，故称郡望，比如太原王氏、陇西李氏。人们习惯用郡望来称呼一个人。柳姓曾是历史上河东郡的高门大族，柳宗元祖上就出自这里，所以他被称为柳河东或河东先生。柳如是的祖籍已不可考，但钱谦益还是以柳姓的郡望来称呼她为"河东君"，"君"是一种尊称。
② 同辈。

艳董小宛也嫁给了大才子冒辟疆，只不过，董小宛不是做妻，而是做妾。嫁入冒家之后，董小宛就开始鞠躬尽瘁地照顾冒家的每一个人，直至九年之后油枯灯尽，香消玉殒。我们不能说董小宛不好，但是，在她这份鞠躬尽瘁背后，其实是一颗卑微的、赎罪式的心灵。董小宛始终觉得自己不配，这就是一种人格上的不自由。但柳如是从来没有这种想法，她跟钱谦益在人格上是平等的。这种观念，不要说放在明朝，即使放在今天，也仍然让人觉得叹为观止。当年，柳如是宣称："天下有一人知己，死且无憾。"此刻，这个知己就在身边，这是何等开心之事！据说，新婚宴尔之际，两个人曾经互相开玩笑。钱谦益说："我爱你乌个头发白个肉。"柳如是呢？马上回他说："我爱你白个头发乌个肉。"这一番肆无忌惮的调笑，听起来是不是有点肉麻？确实有那么一点，但这点肉麻本身就是爱的证据，就像管道升对赵孟頫说"你侬我侬，忒煞情多"一样，让人听了都觉得甜蜜。谁说这样的甜蜜不是传奇呢？

可是，这个传奇抵不过第二个传奇。第二个传奇，是投水殉国。卿卿我我，诗酒相伴原本是不错的个人命运，但是，个人的命运，又永远和国家的命运紧密相连。崇祯十四年钱柳结婚，崇祯十七年（1644）三月，李自成攻破北京，崇祯皇帝吊死煤山。紧接着，同年四月，清兵入关，一路南下。五月，福王①在南京成立南明弘光政权，竖起了抗清的大旗。就在这样的危亡之际，钱谦益结束隐居状态，出任南明礼部尚书。柳如是也和钱谦益一起，从苏州到了南京。可是，

———

① 朱由崧（sōng）。

明末清初 柳如是 《人物山水册》◎

弘光小朝廷太弱了，而清朝的铁蹄又太强悍，一年之后，1645 年五月，清军已经兵临南京城下。国破家亡就在眼前，柳如是对钱谦益说："你殉国①，我殉夫吧。"她为什么要这样说呢？因为钱谦益是明朝的大臣，所谓"食君之禄，死君之事②"，殉国是应有之义。而柳如是呢？作为一介女流，她不属于国家，而属于家庭。所以，如果钱谦益投水殉国，她也愿意追随殉夫。这就叫男殉国，女殉夫，或者男全忠，女全节。忠节二字，原本就是当时最核心的道德要求，柳如是虽然风流潇洒，平时多有世所侧目的惊人之举，但是，在大节方面，她却自有坚持。她坚信钱谦益和自己是一样的，所以，自然而然地拉着钱谦益来到荷花池边，准备投水殉节。可是，就在这个时候，最不可思议的一幕发生了。钱谦益把手伸到水里，探了探说："水太凉。"这可是以铁骨铮铮著称的东林党的领袖啊，大考之下，原来不过是个贪生怕死之人。钱谦益怕了，柳如是又如何呢？柳如是二话没说，奋身投水。曾经，钱谦益和柳如是都是不同凡响之人，但是，在生死之际，两个人还是分出高下来了，一代名士，不免贪生怕死；而一代名妓，却能舍生取义，两相对比，不是更能看出柳如是的可贵之处吗！当然，因为钱谦益死死拉住，柳如是并没有死成。但是，她的这一番忠节，却由此流芳千古。

　　既然不死，那就要做不死的事业了。柳如是鼓舞着钱谦益，变卖家产，资助各路抗清志士。据说，就连我们最为熟知的民族英雄郑成功，都得到过她的资助。这是柳如是的第二个传奇，投水殉国，也

---

① 为国家献出生命．

② 拿着君主的俸禄，在国家有难的时候，就应誓死保卫国家。

就是陈寅恪先生在《柳如是别传·缘起》中写下的那段雄文："夫三户亡秦①之志，九章哀郢（yǐng）之辞②，即发自当日之士大夫，犹应珍惜引申，以表彰我民族独立之精神，自由之思想。何况出于婉娈（luán）倚门之少女，绸缪（chóu móu）鼓瑟之小妇，而又为当时迂腐者所深诋，后世轻薄者所厚诬之人哉！③"

是传奇终有落幕之日。而柳如是的人生落幕之际，恰恰就是她的第三个传奇书写之时。这个传奇叫自杀保家。康熙三年（1664），钱谦益病逝。只留下和原配夫人所生的一个极其懦弱的儿子，和一个柳如是所生的已经出嫁的女儿。钱谦益虽不是硬骨头的忠臣，却一直是一个好丈夫，是柳如是的保护伞。这棵大树一倒，一群族人马上就露出了贪婪的嘴脸。他们声称钱谦益欠着他们的钱，如果不还钱，就要拿田产房屋抵债。为了替儿女保住这一点祖业，柳如是想尽办法，把自己的全部积蓄都给了他们。但是，她越是给，这些宗族的胃口就越大。怎么办呢？有一天，柳如是对那些聚众闹事的族人说，我已经一点钱都没有了，不如明天大家都到家里来喝酒，还欠你们多

---

① "三户亡秦"指楚国就算只剩很少人家，也要灭掉秦国。比喻即便是暂时弱小的力量，只要正义就有消灭暴力的必胜信心。

② 《哀郢》是屈原《楚辞·九章》中的篇名，很多人认为这篇是在哀悼楚国都城郢都被秦国攻陷、楚怀王受辱于秦。

③ 三户亡秦的志向，《九章·哀郢》的辞赋，对于这种出自士大夫的精神，我们应该珍惜引申，来表彰我们民族独立不屈的精神、追求自由的思想。柳如是虽然是依门卖笑的少女，情意缠绵的妇女，被当时迂腐的人诋毁，被后世轻薄的人诬蔑，但她不输士大夫的爱国精神，难道不是更难得，更应该被珍惜歌颂吗？

少钱，就拿田庄抵债。第二天，这些亲戚果然都过来大吃大喝，等着酒足饭饱之后瓜分财产。柳如是对他们说我这就上楼拿田契房契，随后就上了楼。楼下这些亲戚左等右等，却始终不见她下来。于是他们赶紧派人上去查看，这才发现，柳如是已经悬梁自尽。而且，还在墙壁上写下几个大字，"并力缚饮者而后报官"。什么意思呢？谁喝了酒，谁就是逼死我的人。她早已安排好人手，关起门来，把这些讨债者紧紧捆绑，扭送官府。我们中国自古讲究人命关天，既然闹出人命，这群族人自然也就没有好下场，被官府重责一顿，最终偃旗息鼓。就这样，柳如是拼上一条性命，最终保住了钱家的产业，保住了一双儿女的利益，也保住了柳如是"士可杀而不可辱"的坚强决心。

三个传奇讲完了，柳如是到底是一个什么样的人？我想，柳如是的一生，绝不仅仅是名妓，绝不仅仅是才女，甚至，也绝不仅仅是爱国志士。她是一个不肯被任何势力胁迫的斗士，无论这胁迫来自观念，来自异族，还是来自宗族。柳如是最早的名字叫杨爱，后来她自己改成了柳氏，字如是。之所以改这个名字，是因为辛弃疾那首著名的《贺新郎》："我见青山多妩媚，料青山见我应如是，情与貌，略相似^①。"仔细想来，柳如是其实是一位具有钢筋铁骨的女性，她的一生，固然漂泊如寒柳，但也坚定如青山。

【思考历史】

◇ 了解明朝东林党人的故事，思考他们为什么救不了明朝？

---

① 我看到青山潇洒多姿，想必青山看我也是如此。我与青山之间，无论情怀还是外貌，都相似。

清 崔鹤 《媚香楼小影》 ◎

李香君

◇

　　秦淮八艳的故事，在中国讲了又讲，早已经广为人知。说起来，她们也不过是秦淮河边的烟花女子而已，在古代中国这样一个风气严肃、注重道德的国度里，本不应该受人追捧。但是，后世的人们谈论起秦淮八艳，在好奇的同时，也总有几分敬意。究其原因，是因为她们在明末乱世、国破家亡之际，最后彰显出来的，不是"艳"，而是"烈"，不是风流，而是风骨。本文的主人公，是秦淮八艳之中的一个代表人物，桃花扇的主人李香君。

　　在秦淮八艳之中，李香君容貌不是最美，才华不是最高，经历不是最奇，但是，知名度却一直数一数二。为什么呢？因为有孔尚任①的著名传奇《桃花扇》。这出戏唱了三百多年，早已让我们耳熟能详，以至于一提起李香君，我们想到的，就是《桃花扇》。那么，《桃花扇》到底讲了什么故事呢？归拢一下，大体有四大关节。

　　第一大关节叫定情。李香君住在媚香楼，来往的都是文人雅士、

---

① 清代戏曲作家。与另一位戏曲作家洪昇（代表作《长生殿》）并称为"南洪北孔"。

忠良君子。明思宗崇祯末年，复社①重要成员，"明末四公子②"之一的侯方域来南京参加科举考试，经杨龙友③介绍结识李香君，两人你依我侬，侯方域将一柄宫扇并一个扇坠赠予了李香君，作为定情信物。

第二大关节叫却奁④（lián）。李香君、侯方域感情日深，侯方域要娶李香君，在当时是要花一大笔钱的，这笔钱既包括李香君的抚养费，也包括给李香君的妆奁。侯方域独在异乡为异客，没有那么多钱。这么办呢？这时候，有人出面帮忙了。此人就是隐居南京的魏忠贤余党阮大铖（chéng）。魏忠贤是明代四大权阉⑤之一，在明熹宗一朝号称"九千岁"，他擅权乱政，坏事做绝。而阮大铖本来是进士出身，甚至还曾经列籍东林党，后来却依附魏忠贤，成了东林败类。崇祯皇帝登基后，打击阉党⑥，魏忠贤自杀，阮大铖也因此罢官，到南京做了寓公⑦，在舆论场中很是狼狈。得知侯方域的情况后，他就以重金

———————

① 崇祯初年，一部分江南士大夫继东林党之后，纷纷组织文社。后来，应社、几（jī）社等江南文社被太仓人张溥和张采等人合并，称为复社。

② 明朝末年四位著名的文学家，陈贞慧、方以智、冒辟疆、侯方域。明末他们积极参与反对阉党，明朝灭亡后，他们拒绝为清政府服务，展现出了忠孝节义的精神。

③ 杨文聪（cōng），字龙友，明末画家。

④ 奁指女子梳妆用的镜匣，泛指精巧的小匣子。古人也用"妆奁"指嫁妆。

⑤ 虽然明朝的开国皇帝朱元璋为了加强皇帝的权力，废除了宰相制度，也制定了一系列严禁宦官干政的政策。但是因为政策的漏洞，以及后期明朝皇帝需要利用宦官对抗朝堂上的官员们，导致宦官的权力越来越大，以致出现了魏忠贤这种权倾朝野的宦官。

⑥ 依附权倾朝野的宦官（也被称为阉人）聚集起来的官员，被称为阉党。

⑦ 指丧失领地、流亡国外的贵族；因为失势而客居异地的官僚；闲居异乡的有钱阶层的人士。

置办妆奁，托其结拜兄弟杨龙友送给侯方域，想要拉拢侯方域，借以缓和与读书人的关系。结果被李香君看破端倪，高唱着"脱裙衫，穷不妨；布荆人，名自香①"，退回妆奁，坚决不与阉党为伍，阮大铖因此怀恨在心。

第三大关节叫溅扇。李自成攻占北京，崇祯皇帝吊死煤山。阮大铖等人在南京拥立福王登基，改元弘光。这等于摇身一变，又成了南明的功臣。他恃功擅权，排挤东林、复社士子。侯方域也被阮大铖诬陷为暗通叛军，只好逃往扬州，投奔督师史可法②。侯方域走后，阮大铖又逼迫李香君嫁给漕抚田仰，李香君以死抗争，血溅定情宫扇。

传奇这一名字，最早特指唐代的一种流行读物——情节曲折离奇的文言短篇小说（被称为唐传奇）。后来，传奇包含过很多不同的内容，比如宋元明初的一些戏剧里不少题材都来自唐传奇，所以也都被称为传奇。之后，人们用明传奇专指不包括杂剧在内的、凡登场角色都可以唱的、篇幅较长的明朝戏剧。

明传奇

---

① （不接受你这个败类的钱），即便脱掉裙衫，贫穷也没关系。就算穿着布衣戴着荆钗（贫穷女子的饰品），也有一个好名声。

② 明末大臣，曾任南京兵部尚书。明朝灭亡后，他拥立福王上位，任东阁大学士，后被派到扬州督师抗击清军。清军攻破扬州城后，他自杀未死，被俘后不屈殉难。

此后，杨龙友将扇面血痕点染成桃花图，这是桃花扇的来历，也是李香君不屈精神的象征。

第四大关节叫入道。清军渡江，弘光君臣逃亡，侯方域和李香君这一对乱世鸳鸯经过几度悲欢离合，又在栖霞山①的白云庵重逢。两个人还想再续前缘，结果被张道士撕碎桃花扇，当头棒喝："你看国在哪里，家在哪里，君在哪里，父在哪里，偏是这点花月②情根，割他不断吗？"二人领悟，双双斩断情缘，出家入道。这四大关节，就是《桃花扇》的基本脉络，也是我们对李香君的基本印象。问题是，传奇只是传奇，跟历史对比一下，到底哪些是真，哪些是假呢？

先看第一大关节，定情。这是真的假的？基本上是真的。只不过介绍李香君和侯方域认识的，未必是《桃花扇》中所提到的明末

魏忠贤

魏忠贤于明朝万历年间入宫做太监，后勾结熹宗的乳母客氏，插手国政，结党营私，自称"九千岁"，导致明朝政治日益腐败。

崇祯皇帝即位后，罢黜了他的职位，将他安置在凤阳，后来又命人去将他逮捕治罪，魏忠贤在途中畏罪自杀。

① 清朝康熙年间，清初著名诗人、戏曲家孔尚任游览今天的南京栖霞山，听那里白云庵的隐士张怡讲述南朝故事，有感而发，写下了旷世奇作《桃花扇》。
② 古人习惯用花月来形容爱情，比如"花前月下""风花雪月"。

清　恽寿平　《千叶桃花》　◎

画家杨龙友，而是复社才子陈贞慧。侯方域是著名的"明末四公子"
之一，这四公子除了侯方域，还有思想家方以智，秦淮八艳之一董小
宛的丈夫冒辟疆，以及复社才子陈贞慧。陈贞慧的年纪比侯方域大
了十四岁，他正好与李香君的养母——秦淮前辈李贞丽相好。想来，
侯方域到南京考试，陈贞慧出面招待，应该就在李贞丽的宝地，这样
一来，侯方域结识李香君，也就在情理之中了。侯方域当时二十二岁，
正是青年公子，才华横溢，而李香君当时正是二八年华，以唱南曲著
称，两个人郎才女貌，很快也就如胶似漆。拿什么定情呢？《桃花扇》
里写的是扇坠。这个细节，我觉得是编出来的。为什么呢？因为李香
君在秦淮河的绰号就叫"香扇坠"。为什么叫香扇坠呢？李香君出道
的时候生得娇小玲珑，性格又活泼，就像一个摇摇摆摆的香扇坠一样
讨人喜欢，《桃花扇》作者孔尚任受此启发，干脆让侯方域送她一个
扇坠做定情之物，这就是文人雅谑了。

再看第二个大关节，却奁。这个情节是不是真的呢？差不多是
真的。只不过，李香君推却的，不是阮大铖给她的妆奁，而是阮大铖
给侯方域的烟花之资。怎么回事呢？前文说过，阮大铖当年也曾经是
东林党人，后来见风使舵，阿附大宦官魏忠贤，被东林党视为叛徒，
东林党的后辈复社对他也很是不齿。崇祯皇帝上台之后，杀死魏忠贤，
阮大铖也被革职，蛰居南京。陈贞慧等复社首领还是不断抨击他，让
他很是狼狈，基本处于"社死"的状态。怎么办呢？正在这个时候，
侯方域来到了南京城。阮大铖觉得侯方域身为四公子之一，影响力
很大，却又年轻，人生经验不足，应该容易拉拢。于是，阮大铖就托
了一位姓王的将军，每天陪侯方域吃喝玩乐。侯方域到李香君的媚香

楼消费，都是王将军替他埋单。侯方域是少年公子，被人捧惯了的，根本没觉得有什么不妥，还跟王将军玩得很开心。可是这样一来二去，倒被李香君看出了问题。李香君虽然年纪不大，但是，她毕竟是秦淮河畔长大的姑娘，人生阅历远比侯方域丰富，她知道，此事背后必有蹊跷。于是，就对侯方域说："这个王将军一看就没什么钱，也不是那种八面玲珑、好交际的人，为什么整天替你花钱呢？请公子务必问个明白，不要被人耍弄。"侯方域再三追问，王将军终于承认，他是受阮大铖之托，希望侯方域念及交情，在陈贞慧他们面前替阮大铖美言几句。侯方域毕竟吃人嘴软，就含糊应承说："大家都是朋友，哪有什么解不开的误会？改天我会跟陈贞慧解释几句。"听他这么讲，李香君一把将他拉进里屋，正告他说："我因为养母李贞丽的关系，很早就认识陈贞慧，知道他是一个有气节的人，对公子你也很看重。如果他知道公子你跟阮大铖交往，就绝对不会像现在这样对待你了！公子何必为了人所不齿的阮大铖，去得罪这样的真朋友呢！再说，以公子如今的社会声望，肯定大有前途，为什么要结交阮大铖呢？你就不怕被他的坏名声拖累吗？公子饱读诗书，难道还不及我一介女流看得明白吗？"侯方域一听，对李香君大为钦佩，索性假装喝醉，睡倒在床上，不搭理王将军了。王将军当然明白是怎么回事，只好悻悻而去。从此之后，侯方域也就不再跟他交往了。看完这个故事，大家如何评价李香君呢？我觉得，这件事虽然没有《桃花扇·却奁》那段描写那么富有戏剧冲突，一件件地往下扔珠翠，还一边扔，一边骂，让人看得痛快淋漓，但是，它背后所反映出的李香君的清高和正义还是一样的。要知道，烟花巷本来就是销金窟，身为烟花女子，本职工作就是捞钱，根本不必管这钱从何处来。侯方域身在客中，并没有什么钱，他能到李香君这里来，其实全凭王将军这个大金主。换句话说，这王将军以及他背后的阮大铖才是李香君真正应该笼络的对象。按照这个逻辑，李香君不仅不应该揭穿王将军，就算侯方域自己发觉了问题，李香君都要替王将军掩饰，这才符合她的经济利益。但是，李香君没有这么做，她不仅帮侯方域认清了王将军的真面目，还力促侯方域拒绝了阮大铖的贿赂，在这个过程中，她没有顾及一点点利，她考虑的全都是义。见利忘义在任何社会、任何人群中都不少见，相反，"正其义不谋其利"倒是难能可贵的君子风范。这样难能可贵的事情居然发生在一个烟花女子身上，当然令人啧啧称奇。

再看第三大关节，溅扇。这个情节是不是真的呢？也颇有一些踪影。侯方域晚年，曾经为李香君写过一篇回忆文章，名叫《李姬传》。而溅扇这件事，就是《李姬传》中的重点内容。按照《李姬传》的说法，侯方域因为科举落第，要回老家商丘去。李香君到南京的桃叶渡去送他，给他唱了一出自己最拿手的《琵琶记》。《琵琶记》[①]不是讲蔡伯喈（jiē）[②]和赵五娘的故事吗？李香君唱完之后对侯方域说："蔡伯喈这个人虽然是个才子，但是依附董卓，大节有亏，终究是不值得称道。公子你才华不减蔡伯喈，前途未可限量，希望你自爱，别忘了我

---

① 南戏剧本。讲述的是蔡伯喈进京应试，中状元后被牛丞相招赘为婿。后来，蔡伯喈家乡闹灾荒，他的父母相继饿死，他的原配夫人赵五娘便背着琵琶一边弹唱乞讨一边进京寻夫。最终，她得到牛丞相女儿的相助，与蔡伯喈重聚。
② 东汉文学家、书法家蔡邕，字伯喈。他因得罪宦官被流放，后在董卓乱政的时候，官至左中郎将，后世称其为蔡中郎。董卓被诛后，他被下狱，死在狱中。

为你唱的《琵琶记》啊。你走以后，我也再不唱这本戏了！"就这样，两个人挥泪告别。告别之后呢？李香君又回到媚香楼，接着迎来送往。这时候，已经是南明时代了。阮大铖等人都重新得势，在弘光小朝廷里为官做宰，搞得小朝廷乌烟瘴气。有一个南明的漕运总督名叫田仰，听说了李香君的大名，出价三百两黄金，要见李香君一面。李香君鄙薄田仰的为人，坚决不见。田仰恼羞成怒，就在阮大铖面前污蔑李香君，说她和复社的侯方域有勾结，侯方域反对阮大铖，而自己又是阮大铖的人，所以李香君才不待见他。很明显，田仰其实是想把风月问题政治化，说李香君的政治立场有问题。一个秦淮河畔的烟花女子，居然卷入朝廷的政治斗争，这个帽子扣得大不大？当然大。得罪了朝廷里的当权派，对李香君好不好？当然不好。媚香楼做生意，是不能轻易跟客人结仇，更不能轻易得罪官府的。既然如此，李香君要不要委曲求全，去见一下田仰呢？她没有。李香君只是叹息了一句说："这个田仰，果真和阮大铖是一路货色啊。当年，我还力劝侯公子拒绝阮大铖，如今我若是因为害怕田仰就去巴结他，那岂不是骗了侯公子！所以，无论什么后果，我担着就是。这个人，我坚决不见。"然后呢？其实并没有然后。侯方域亲笔写成的《李姬传》就到此为止，既没有田仰逼迫，李香君血溅宫扇，更没有杨龙友借着血迹点染桃花的事。也就是说，《桃花扇》中，那最著名的一句唱词"溅血点作桃花扇，比着枝头分外鲜[1]"，其实是编出来的。桃花扇并不存在，属于艺术创作。

---

[1] 用鲜血绘制桃花扇，（她的气节）让这血色桃花比枝头上的真桃花还要鲜艳。

　　读者朋友可能会觉得，这太颠覆我的认知，太令人失望了。是不是呢？其实并不是。面对强权，李香君的反应虽然没有《桃花扇》描写的那么唯美，那么浪漫，那么富于戏剧性，但是，她的精神境界，其实比《桃花扇》中所写的更为纯粹，也更为高明。为什么呢？因为按照孔尚任《桃花扇》的说法，李香君为什么不跟田仰走？关键原因是她要为侯方域守节。这其实还是为了一个男人而拒绝另一个男人，是货真价实的男权立场。但真实的李香君并非如此。她拒绝田仰，不是因为侯方域，而是因为她瞧不起田仰。那么，她的这种抉择里，难道没有一点侯方域的因素吗？当然有。当年，她劝侯方域立身要正，不要屈从于阮大铖，既然如此，她自己又怎么可以屈从于田仰呢？这可不是为侯方域守节，而是她要用要求侯方域的那种精神境界来要求自己。李香君看起来并不是那种特立独行的人，她并不像柳如是那样，打扮成儒生，跟士大夫高谈阔论，她只是人们心目中乖巧可爱的香扇坠而已；但是，在精神底色上，她又和柳如是并无不同，她们都坚守自己的自由意志，也都坚守自己的道德理想。这种坚持，不是比单纯的守节更高明，也更打动人心吗！再看第四个大关节，双双入道。这个情节是不是真的呢？这就基本上是假的了。侯方域的《李姬传》没有写到李香君的结局，但有其他记载说，李香君最后是依傍着另外一位秦淮八艳卞玉京一起生活。卞玉京以女道士的身份终老，想来，李香君在动荡的时代藏身道观，了此一生也属寻常。关键问题出在侯方域这里。侯方域本来是"明末四公子"之一，对这样的人，人们是期待他为国尽忠的。但是，让很多人料想不到的是，清朝顺治八年（1651），侯方域居然参加了顺天府的乡试。中国古代的科举考试就是为做官设立的，考科举就意味着想当官，而想当官也就意味着认同了清朝。要知道，顺治年间民族矛盾还是很尖锐的，侯方域在这种情况下参加科举，确实令人大失所望。事实上，清朝就有诗人讽刺他说："竟指秦淮作战场，美人扇上写兴亡，两朝应举侯公子，忍对桃花说李香。①"古人云："时穷节乃现②。"兴亡之际，秦淮河畔的李香君尚且能够血溅桃花，名动天下的侯公子却只会两朝应举，两相对比之下，两个人的境界不就高下立判了吗！这样看来，李香君和侯方域的故事，恰似柳如是和钱谦益的故事，都是名士不如名妓，让人在赞叹风尘侠女的同时，也不免为读书人扼腕叹息。有时候，骨头的硬度还真不取决于读书的厚度，而取决于精神的强度。有了这种精神强度，名士才能成为真名士，名妓也才能成为真名妓。

清朝嘉庆年间，有一位名叫崔鹤的年轻画家画了一幅《媚香楼小影》，画面上柳下桃，中间是一个月洞窗。一个美人手执桃花宫扇，凭窗俯视，这美人便是李香君。崔鹤并非知名画家，但这幅作品却引来一众著名人物争相收藏题跋。其中，有一位藏家是个著名的文人，他的名字叫林语堂。在混乱动荡的1934年，林语堂先生购得了这幅画，将它悬挂在书斋壁上，还在上面题了一首诗。诗云：

---

① 秦淮之地经历了激烈的战斗，桃花扇上写满明朝兴亡的故事。侯方域在明朝和清朝都参加过科举，他愧对桃花扇的主人李香君。

② 出自南宋文天祥《正气歌》"时穷节乃现，一一垂丹青"，意思是时运艰危的时候才能显露一个人的气节，义士的光辉形象将在史册中永垂不朽。

<ruby>香<rt>xiāng</rt></ruby>君一个娘子，血染桃花扇子。气义照耀千古，羞杀
须眉男子。

香君一个娘子，性格是个蛮子。悬在斋中壁上，教我
知所观止。

如今天下男子，谁复是个蛮子。大家朝秦暮楚，成个
什么样子。

当今这个天下，都是贩子骗子。我思古代美人，不至出
甚乱子。

　　这其实是一首打油诗，但是，在所有为李香君题写的诗篇中，
我最喜欢这一首。而且，就在此刻，我一时手痒，也想要续貂几句：
我们做事作文，不要摆花架子。不忘美人风骨，才能当个君子。

【思考历史】

◇ 明朝开国君王朱元璋为了加强君权，做了哪些努力？又制定了哪
些政策来防止宦官干涉朝政？为什么最终没用呢？秦朝、汉朝、唐朝、
明朝等时期都有过宦官干政的时期，为什么出现这样的现象？

◇ 看一看戏剧《桃花扇》，想一想和它一样表现亡国之痛的诗词、戏剧。
它们的表现手法有何不同？

陈圆圆

◆

　　秦淮八艳的故事还没有完。本文的主人公是秦淮八艳之一，不过，她的历史影响力可比其他秦淮七艳都大，她就是以一己之身改写明清历史的陈圆圆。

　　说到陈圆圆，大家必然会联想起吴三桂，联想起吴三桂冲冠一怒为红颜，打开山海关，让清军顺利入关的往事，想起三百多年前那场改天换地的历史大戏。明末清初的大诗人吴梅村写了一首长诗《圆圆曲》，以人带史，堪比白居易的《长恨歌》。我们干脆就从《圆圆曲》入手，跟大家分享陈圆圆的传奇一生吧。

　　《圆圆曲》开篇云："鼎湖当日弃人间，破敌收京下玉关。恸哭六军俱缟（gǎo）素，冲冠一怒为红颜。红颜流落非吾恋，逆贼天亡自荒宴。电扫黄巾定黑山，哭罢君亲再相见。"

　　所谓鼎湖，是指上古时期，黄帝在荆山脚下汲水铸鼎，鼎成之后，有神龙垂下龙须接引黄帝上天。所以，后世就用"鼎湖"来代指皇帝去世。诗中这位皇帝不是别人，正是明朝最后一位皇帝崇祯。崇祯皇帝当年吊死煤山，吴三桂将军为了打败李自成①，让开了山海关②。他手下的将士们痛哭着为崇祯皇帝披麻戴孝，哪知道吴将军这冲冠一怒其实是为了陈圆圆。他还说红颜流落根本不是他最大的顾恋，他还说李自成灭亡是因为沉迷于饮宴。他像闪电一般扫荡关山，他一定要哭罢了皇帝和老父亲再和陈圆圆相见。

这段诗文起得惊心动魄吧？本来是写陈圆圆这样一个小女子的人生故事，诗人一上来，却先把她和明亡清兴的历史大关节联系在了一起。明朝末年，一共有三股势力在相互胶着，一支是北京城里的皇帝，一支是起自陕北的李自成，还有一支是山海关外的清军。吴三桂是明朝的宁远总兵，指挥着明朝最后一支劲旅"关宁铁骑"，死死地守着山海关，不让清兵入关。可是，崇祯十七年（1644），却传来了李自成进北京，崇祯皇帝吊死煤山的消息。吴三桂没了主人，怎么办呢？此时的他有两条出路可选，一条是投靠李自成，另一条则是投靠清朝。吴三桂是个聪明人，跟两方面都有联络，两边也都对他伸出了橄榄枝。可就在这人生抉择的关键时刻，李自成手下的大将刘

---

① 李自成，陕西人。最初是驿卒，后来参加了高迎祥部起义军。他英勇善战，被人们称为"闯将"。高迎祥牺牲后，他被将士们推举为"闯王"。1640 年李自成率领起义军进入连年灾荒的河南，提出"均田免粮"的口号，也就是平均分配土地，不用缴纳粮食税的政策，受到百姓们的欢迎，李自成的军队迅速发展到百万之众。1644年李自成在陕西西安建立大顺政权。不久，攻占北京，推翻明王朝。

② 又称"榆关""渝关"，明朝 1381 年置关，在河北省秦皇岛市东北，北依角山，南临渤海，因为处在山海之间，所以被称为"山海关"。城楼上悬有巨幅匾额，上书"天下第一关"。

吴湖帆 《仕女》 ◎

宗敏军纪不好，居然抄了吴三桂在北京的家，还抢走了吴三桂的爱妾陈圆圆。这样一来，吴三桂的情感天平一下子就倾斜了，他放开山海关，引多尔衮入关，共同对付李自成。这就是明末清初决定命运的"一片石之战"。这一战的结果大家都知道了，李自成一败涂地，清朝入主中原，中国的历史就此改写。表面上看，吴三桂又是让军队白衣白帽给皇帝戴孝，又是坚持哭完了崇祯皇帝和自己的老父亲再去见陈圆圆，但是，谁都知道，他之所以做出这样的选择，既不是出于对君主的忠，也不是出于对父亲的孝，他主要就是为了陈圆圆。这就是诗中所说的"恸哭六军俱缟素，冲冠一怒为红颜"。一代红颜，居然关系着明亡清兴这样的历史大关节，这是多么有气魄的一个开篇呀！

那么，陈圆圆跟吴三桂到底是什么关系，能够让吴三桂做出这样的决定呢？《圆圆曲》接下来就写清楚了："相见初经田窦家，侯

生于 1612 年，明清之际扬州高邮（今属江苏）人，明朝末年任宁远总兵，封平西伯，驻守山海关。

李自成攻克北京后，想招降他，但他给多尔衮写了封信，引清兵入关，并因此受封为平西王，和平南王尚可喜、靖南王耿继茂一起为清初三大藩王。

后来他拥兵自重，康熙于 1673 年下令削藩，吴三桂举兵叛乱，自称"周王"。1678 年吴三桂称帝，后病死。他的孙子继位，后被清所灭。

吴三桂

门歌舞出如花。许将戚里箜篌（kōng hóu）伎①，等取将军油壁车。"

所谓田窦家，是指西汉时的外戚田蚡（fén）和窦婴，在这里则是借指崇祯宠妃田氏之父田弘遇。吴三桂初次和陈圆圆相见是在崇祯皇帝的老丈人田弘遇家，那时候，田家的歌舞表演真像盛开的繁花。演完之后，田弘遇把娇美的陈圆圆献给了冉冉上升的一代将星吴三桂，只等着吴将军来娶，就把她送上油壁香车。这样看来，陈圆圆本来是皇亲国戚田弘遇家的歌舞伎，是田弘遇把她送给了吴三桂当小妾。那么，再以前呢？陈圆圆到底是什么人？她又为何来到了田家呢？诗中是这样写的：

"家本姑苏②浣花里，圆圆小字娇罗绮。梦向夫差苑里游，宫娥拥入君王起。前身合是采莲人，门前一片横塘水。横塘双桨去如飞，何处豪家强载归？此际岂知非薄命，此时只有泪沾衣。"这一段诗文真精彩。"家本姑苏浣花里"，一个"姑苏"，一个"浣花里"，一下子就烘托出了一个地地道道的江南娇娃。陈圆圆就生在小桥流水的姑苏城，她本名邢沅（yuán），因为家里穷，只好送给姨妈收养，跟着姨夫改姓了陈，名字也从普通的"沅"改成了更娇媚的"圆圆"。陈圆圆这名字，自带一种小家碧玉式的温婉，让人一下子就联想起了春秋时期的江南美女西施。"前身合是采莲人，门前一片横塘水。"三百多年之后，我们都不必亲眼见识陈圆圆的风采，只要读一读这样的句子，马上就能产生一种穿越感，仿佛那美女就在碧波荡漾的池塘

---

① 箜篌是古代的一种拨弦乐器。箜篌伎是弹奏箜篌的女子，是歌舞伎。

② 苏州。

里闪过，她的手里，还拿着一枝初开的莲花，这是多美的意境啊。可惜，自古红颜多薄命，平静的日子并没有过几年，横塘里的双桨就摇动如飞，把她强行带到了豪门家里。面对这样不能自主的命运，可怜的陈圆圆也只能是泪湿罗衣①。

原来，陈圆圆还有着这样的前尘往事啊，她本是姑苏人氏，却被田弘遇花高价买下，从江南带到了京城。这是不是会让我们想起《红楼梦》里，贾府为了迎接贵妃省亲，从姑苏采买小戏子的情节？梨香院里，那眉眼儿像林妹妹，多情也像林妹妹的小戏子龄官，还有那泼辣机灵的小戏子芳官，不都是这样从姑苏进了京城？想来，当年的陈圆圆就像贾府的小戏子们一样吧？事实正是如此。陈圆圆不是被姨父姨妈养大的吗？江南闹灾，重利轻义的姨夫就把圆圆卖给了梨园。圆圆扮演《西厢记》中的红娘，莺声燕语，一鸣惊人。这样的风月俏佳人，大概率会被某一个江南才子爱上吧，就像钱谦益爱上柳如是，侯方域爱上李香君。事实上也确实如此，明末四公子之一的冒辟疆就和陈圆圆有过一段情。冒辟疆说："蕙心纨质，澹秀天然，平生所觏②（gòu），则独有圆圆尔。"而陈圆圆也曾经冒着兵火，到船上拜见过冒辟疆的母亲。连家长都见过了，下一步应该就是娶回家做妾了吧？如果真是那样，也就没有后来的董小宛什么事了。可是，天有不测风云，就在陈圆圆和冒辟疆订了终身，等冒辟疆来迎娶的时候，一个强大的黑恶势力出现了。这黑恶势力就是田贵妃的父亲田弘遇。当时，

---

① 轻软丝织品制成的衣服。

② 即平生所见的意思。

田弘遇的女儿田贵妃一病不起，田弘遇为了维持自己在宫中的势力不倒，就想买一个乖巧漂亮的女孩子送给皇帝，延续自己女儿的宠幸。而他选中的这个女孩子，就是色艺双绝的陈圆圆。这对陈圆圆来说到底是无妄之灾还是意外之喜？想来她自己也未必明白。但是，无论如何，身为弱者，她无从决定自己的命运，只好告别家乡，进入宫廷。

入宫之后又如何呢？诗云："熏天意气连宫掖①（yè），明眸皓齿无人惜。夺归永巷闭良家，教就新声倾座客。"崇祯皇帝当时内外交困，焦头烂额，根本顾不上看一眼这位明眸皓齿的美女，可怜的陈圆圆又被退回了田家。田弘遇邀宠不成，只好让她当了家里的歌舞伎，每天迎来送往，招待宾客。送进宫，又被退回来，这对陈圆圆而言本来是一次大波折吧？可是，谁也没想到，就在这人生的最低谷，陈圆圆遇到了自己的真命天子。这真命天子是谁呢？诗云："坐客飞觞②（shāng）红日暮，一曲哀弦向谁诉？白皙通侯最少年，拣取花枝屡回顾。早携娇鸟出樊笼，待得银河几时渡？恨杀军书抵死催，苦留后约将人误。"贵客们谁也不把陈圆圆真正放在眼里，他们推杯换盏直到日暮，圆圆的一腔心曲根本就无人倾诉。可是有一天，来了一位名叫吴三桂的少年将军，这白皙的少年拈了一枝花，对她频频回顾。他许诺很快就把陈圆圆这娇鸟一般的美人儿带出牢笼，他们俩就等着鹊桥相会，银河飞渡。恨只恨那前方的告急文书频频来催，吴将军只好留下陈圆圆赶赴前线，两个人拟好的佳期，也是一误再误。

---

① 古代也将妃嫔生活的地方称为掖庭，宫掖指宫中。

② 古代的酒杯。

想想看，这是多么动人的场景啊！一个是红粉娇娃，一个是少年英雄，这不也是"金风玉露一相逢，便胜却人间无数①"吗?！历史上的吴三桂是不是英俊少年呢？确实是。据史书记载，吴三桂面容白皙，又没有胡须，简直美得就像妇人女子。或者说，美得像北齐时代的兰陵王②。英雄的吴将军居然如此英俊，英俊的吴将军又居然如此多情，陈圆圆该是多么惊喜啊。只可惜吴将军还要赶回前线，陈圆圆也只能依依惜别，等待将军早点回还。

可是，此时的她万万没想到，历史又一次跟她开了个大玩笑。上一次，她苦苦等候着冒辟疆，结果等来了田弘遇；这一次，她苦苦地等待着吴三桂，命运却又给她送来了另外一个人。谁呢？诗云："相约恩深相见难，一朝蚁贼满长安。可怜思妇楼头柳，认作天边粉絮看。遍索绿珠围内第，强呼绛树出雕栏。"

什么意思呢？相约容易相见却难，忽然有一天，李自成的起义军拥满了长安。可怜陈圆圆本来是有了丈夫的良家妇女，这时却被人当作无主的杨花轻看。刘宗敏就像当年孙秀索取绿珠那样围住了吴将军的内宅，硬是把陈圆圆带出了画栋雕栏。的确，在王朝易主、干戈扰攘之际，不知道有多少家庭妻离子散，那么，陈圆圆是不是也会像当年被田弘遇强行带走那样，只能接受命运的安排呢？她本人确实无

---

① 出自北宋秦观的《鹊桥仙》"纤云弄巧，飞星传恨，银汉迢迢暗度。金风玉露一相逢，便胜却人间无数。柔情似水，佳期如梦，忍顾鹊桥归路。两情若是久长时，又岂在朝朝暮暮"。这是七夕借牛郎织女讲爱情的诗。上文《圆圆曲》中"待得银河几时渡"一句，便是化用"银汉迢迢暗度"。

② 兰陵王高长恭，北齐名将，也是中国古代四大美男子之一。

力反抗，但是，这一次，站在她背后的不再是手无缚鸡之力的冒辟疆，而是引领几万大军，驻守山海关的吴三桂。吴三桂本来就在李自成和清朝之间摇摆，现在爱妾被抢，老父被抓，这就是中国人最不能容忍的杀父之仇、夺妻之恨。起义军的错误让吴三桂倒向清朝，这也就是开头所说的"恸哭六军俱缟素，冲冠一怒为红颜"。

诗文写到这里，倒叙结束，接着该讲后面的故事了，吴三桂倒向清朝，到底有没有救出陈圆圆呢？诗云："若非壮士全师胜，争得蛾眉匹马还。蛾眉马上传呼进，云鬟①（huán）不整惊魂定。蜡炬迎来在战场，啼妆满面残红印。专征箫鼓向秦川，金牛道上车千乘。斜谷云深起画楼，散关月落开妆镜。"什么意思呢？如果不是吴将军完胜，陈圆圆又怎么会只身匹马，回到他的身边！只见陈圆圆在马上一路传呼前进，虽然云鬟不整，但毕竟惊魂已定。吴三桂在战场上点起蜡炬迎接她，可怜她满面啼痕，脸上还残留着胭脂的红印。吴三桂接受清朝的命令，剑指秦川，险峻的金牛道上，车马成千上万。斜谷的白云升起来了，她倚着画楼凭栏；大散关前的月亮落下去了，她对着镜子描眉画眼。

靠着吴三桂的机变和实力，陈圆圆得救了，而且，随着吴三桂在清朝的地位青云直上，陈圆圆也迎来了夫贵妻荣的高光时刻。金牛道、斜谷、散关，这些荒僻冷落的险关绝道，处处都留下了吴将军的兵锋，也处处都留下了陈圆圆的倩影。吴三桂被封为平西王，镇守云贵两省，陈圆圆也成了王背后的女人，享受着前所未有的荣耀。这是一个多么

---

① 古代女子的环形发髻。

跌宕起伏的人生传奇啊。这样的传奇经历传回陈圆圆的家乡，立刻引起了家乡父老的热议。诗云："传来消息满江乡，乌桕（jiù）红经十度霜。教曲伎师怜尚在，浣纱女伴忆同行。旧巢共是衔泥燕，飞上枝头变凤凰。长向尊前悲老大，有人夫婿擅侯王。当时只受声名累，贵戚名豪竞延致。一斛珠连万斛愁，关山漂泊腰支细。错怨狂风扬落花，无边春色来天地。"

诗人真灵便，一笔宕开，就把始终对着陈圆圆的镜头摇向了她的老家姑苏。陈圆圆发迹的消息传遍了江南水乡，这时候，距离她离开姑苏，已经经历了十度秋霜。当年教她歌曲的乐师还活在世上，当年的女伴也还记得这位同行。她们本来都是衔泥的燕子，如今，陈圆圆却飞上枝头，变成了凤凰。回想当年，她受盛名所累，被你争我抢。一斛明珠的身价给她带来万斛的哀愁，关山漂泊让她的细腰一瘦再瘦。但如今她再也不必怨恨狂风吹落杨花，因为这阵狂风也给她带来了无边春色。命运无常，福祸相依，这是多么令人感慨啊。

那么，吴梅村写《圆圆曲》，难道就是为了感慨陈圆圆命运的无常吗？却又不是。诗人其实是在借陈圆圆讽刺吴三桂，所以写完了陈圆圆的苦尽甘来，他又把视线落在了吴三桂身上："尝闻倾国与倾城，翻使周郎受重名。妻子岂应关大计，英雄无奈是多情。全家白骨成灰土，一代红妆照汗青。"当年，吴三桂因为"冲冠一怒为红颜"而一举成名。作为一个背负重任的将军，岂能把妻子儿女这样的私人情感置于家国利益之上？可是，吴三桂将军却又是那么风流多情。他这一番"多情"不仅导致了清军入关，也让他自家付出了三十四口被杀的代价，而这也只是成就了陈圆圆倾国倾城的大名。这就是"全家白骨成灰土，一代红妆照汗青"。绮丽的辞藻、工整的对仗背后，又有吴梅村多少沉痛，多少讽刺啊。

吴梅村的寿命不够长，并没有看到吴三桂和陈圆圆的结局，但生活在三百年之后的我们却有后见之明。后来，清朝终于容不下吴三桂的地方势力，想要撤藩；而吴三桂不甘寂寞，又举起了反清复明的大旗，这就引出了历史上大名鼎鼎的"三藩之乱"。可是，当年吴三桂引清军入关的事情众所周知，谁会相信他反清复明那套鬼话呢？没有了"英雄无奈是多情"当挡箭牌，众叛亲离的吴三桂最后一败涂地。吴三桂败了，那陈圆圆呢？其实，吴三桂发迹之后，并未能将惊心动魄的爱情进行到底，陈圆圆最终并未逃过色衰爱弛的命运，早就出家为尼了。这样一来，吴三桂的成败跟她也就没有了关系。这本来是她的不幸，最后却又成了她的大幸。世事无常，陈圆圆大概早已习惯了。

陈圆圆的故事讲完了，我到底想说什么呢？我想说，在秦淮八

清政府将三位投降清朝的明朝将领封为藩王，即云南平西王吴三桂、广东平南王尚可喜、福建靖南王耿继茂。

1673年，吴三桂发起叛乱，尚之信（尚可喜之子）、耿精忠（耿继茂之子）相继响应。

后来，清廷采取剿抚并用的方针，一直到1681年终于平定叛乱。

三藩之乱

艳中，其实陈圆圆整体资质最好，当时人说她"声甲天下之声，色甲天下之色[1]"，有那么多势力争夺她，本身就印证了她的好资质。另外，陈圆圆的历史影响力也最大，因为她的一生毕竟关涉了明清易代的大主题。但是，无论如何，陈圆圆却不是风评最好的人。这不仅仅是因为吴三桂冲冠一怒为红颜，让她成了所谓的红颜祸水，更因为她始终像一朵杨花，随波逐流，任凭命运的摆布。本来，随波逐流，听凭命运安排是大多数人，特别是大多数古代女性的共同命运，但也正因为如此，我们才格外敬重那些和命运勇敢搏斗的人，无论成败与否。我们同情陈圆圆，但我们更欣赏柳如是，因为秦淮河的波澜带不走柳如是那样傲然挺立的寒柳，但却能轻易带走陈圆圆这样随波逐流的杨花，命运的波澜也是如此。

【思考历史】

◇ 思考一下，明末为什么会爆发严重的农民起义？

◇ 了解一下吴三桂在内的三藩的故事，思考为什么清朝前期要设立藩王，后面又为什么要削去藩王？历史上其他朝代是否也有类似的事情发生？

---

[1] 声音天下第一动听，容貌天下第一美丽。

孝庄太后 ◆

　　历史的时间走到清朝，也就走到了中国古代社会的终点。清朝一兴一亡，跟两位政治女性关系密切。一位是清初的孝庄①太后，一位是清末的慈禧太后。孝庄太后是开国皇帝皇太极的妃子，辅佐顺治、康熙两位皇帝接班，让清朝从东北边疆政权一跃成为地跨约一千三百万平方公里的大一统政权，再一跃进入富贵康宁的康乾盛世②。慈禧太后是咸丰皇帝的妃子，扶立同治、光绪、宣统三位皇帝，却也让清朝一误再误，最终滑向万劫不复的深渊。本篇的主人公就是一手托起大清国运的孝庄皇太后，她留给历史的，不仅仅有彪炳史册的功绩，也有一个耐人寻味的谜团。这个谜团叫作"太后下嫁"，它和"顺治出家③""雍

---

①　"孝庄"不是她的名字，也不是她在位时的封号，而是她去世后被追封的谥号，其全称为"孝庄仁宣诚宪恭懿至德纯徽翊天启圣文皇后"。谥号是古人死后人们依据他/她生前的行事功绩为其设立的称号，有点像对一个人的盖棺定论。

②　康熙至乾隆时期被称为康乾盛世。

③　清宫史料记载，顺治帝死于养心殿。但民间传说，顺治帝因为宠妃董鄂妃的去世而郁郁寡欢，最终在五台山出家，其间，他的儿子康熙皇帝曾经数次前往五台山拜见父亲，但都没有得到顺治帝的相认。

郑聚棠 《雏凤清于老凤声》 ◎

正继位①" 一起并称为清初三大奇案，不仅困扰着一代一代的历史学家，也让普通老百姓好奇不已。

要说清楚太后下嫁这件事，还得先从皇太极去世之后的皇位争夺战说起。皇太极是清朝的开国皇帝，他从努尔哈赤手里接过后金政权的班，改国号为"清"，向关内的明朝发起了更加猛烈的进攻。可是，就在清朝在宁锦战场节节胜利之时，皇太极猝然长逝，时年五十一岁。他这一去世，清朝的接班人立刻就出现了问题。为什么呢？因为清朝初年的皇子继承制度本来就不明确，谁当皇帝，得由八旗旗主②，也就是八大贝勒③说了算。当年，皇太极就是这么接的班，现在皇太极死去，他的接班人也还得由贝勒们共议。当时，手握八旗劲旅，有接班资格的人一共有七个，分别是皇太极的哥哥正红旗主礼亲王代善，皇太极的堂弟镶蓝旗主郑亲王济尔哈朗，皇太极的弟弟镶白旗主睿亲王多尔衮，皇太极的长子正蓝旗主肃亲王豪格，皇太极的弟弟镶白旗主武英郡王阿济格，皇太极的弟弟正白旗主豫郡王多铎，以及代善的孙子颖郡王阿达礼。在这七人之中，最有实力的是两个人，一个是多尔衮，另一个是豪格。这两个人都三十多岁，年富力强而又战功卓著，在七大贝勒里也都有自己的支持者。其中，多尔衮的支持者是他自己的两个同胞弟弟阿济格和多铎，以及代善的孙子阿达礼；而豪格的支

---

① 民间传闻雍正得位不正，是勾结大臣隆科多，通过矫诏，窃取了皇位。

② 清朝建立之前是满族社会，制度不同于汉族。当时他们建立的是耕战一体的八旗制度，各旗的统领称"旗主"，掌管旗内的一切事物。而各旗的旗主统一听从皇帝的调遣。

③ 清朝的一种爵位。

持者则是伯父代善和叔叔济尔哈朗。可能读者朋友们会想，这样看来，是支持多尔衮的人更多了？却又不然，因为皇太极自己还控制着正黄、镶黄和正蓝旗，其中正黄旗和镶黄旗都明确表示支持豪格。这样一来，在各旗旗主中，豪格还略占优势。可是，就在双方剑拔弩张、互不相让的关键时刻，多尔衮忽然抛出了第三个方案。让皇太极的第九子，当时的庄妃，后来的孝庄太后的儿子，年方五岁的福临接班当

清朝

· 1583 年，努尔哈赤逐步统一建州女真各部，并创建八旗制度。

· 1616 年，努尔哈赤于赫图阿拉（今辽宁新宾西南）称汗，国号"金"，史称"后金"。

· 1626 年，努尔哈赤被明军击伤，不久病死。

· 1636 年，皇太极改"后金"为"清"，称皇帝，史称清太宗。他正式定族名为满洲。于是，有了满族的说法。

· 1643 年，清太宗第九子福临登基（顺治帝），其生母为孝庄太后。因皇帝年幼，由多尔衮摄政。

· 1644 年，清军入关，同年迁都北京。

· 1661 年，康熙帝登基。他少年时期挫败权臣鳌（áo）拜，成年后平定三藩之乱，三征噶尔丹。

· 1840—1842 年，英国对中国发动鸦片战争。中国开始慢慢沦为半殖民地半封建国家。

· 1912 年 2 月，清朝末代皇帝溥（pǔ）仪退位，清朝灭亡。

皇帝。自己和郑亲王济尔哈朗辅政。

这个方案一出来，原有的矛盾都迎刃而解了。原本支持多尔衮的人自然不会反对，而原本支持豪格的人之中，很多人最执着的其实是立子不立弟，现在立了福临，本身就是皇太极的儿子，这就已经解决了一个大问题，又让原本属于这一派系的济尔哈朗辅政，他们也就满意了。所以，真正利益受损的人只有豪格一个，但他此时已成孤家寡人，也就兴不起什么风浪来了。

各个旗主同意还不够，这个方案还得到了皇太极后宫，也就是崇德五宫后妃的全力支持。所谓崇德五宫，指的是崇德元年（1636）清太宗皇太极在盛京①称帝时，册封的五宫后妃，也称五大福晋②。这五位后妃是清朝满蒙联姻政策③的产物，都来自蒙古博尔济吉特氏。其中，科尔沁博尔济吉特氏更是一枝独秀，在五大福晋中占了三位，分别是排位第一的清宁宫皇后哲哲，排位第二的关雎宫宸（chén）妃海兰珠以及排位第五的永福宫庄妃布木布泰，也就是后来的孝庄太后。更妙的是，这三个人其实是姑侄关系。哲哲是姑姑，海兰珠和布木布泰是侄女。在她们三位之中，哲哲地位最高，海兰珠最受宠，只是当时已经去世了，而布木布泰分位最低，也不受皇太极的宠幸，但是，她生了一个儿子，就是福临。事实上，当年哲哲姑侄三人同嫁

---

① 在今辽宁省沈阳县治，是清朝未入关前的国都。

② 满族称亲王、郡王等的妻子为福晋。

③ 清太祖努尔哈赤建立后金初期，为了北方政局的稳定，对蒙古采取怀柔政策，推行满蒙联姻政策。在清朝三百年的统治中，清皇室迎娶蒙古王公之女一百多人次，出嫁蒙古的公主、格格共四百多人次。

皇太极，正是要确保生出儿子来。所以，别看福临年纪小，那可是当时满蒙联姻政策结出的硕果，而满蒙联姻，既是清朝赖以发展的基本国策，也是漠南蒙古安身立命的重要依托。这样一来，整个崇德五宫当然拥护福临接班。

可能读者朋友会说，这不就是鹬蚌相争渔翁得利吗？福临算是躺赢。问题可没有那么简单。虽然这个建议是多尔衮提出来的，但是，在背后运作的，还有一个重要推手，而这个推手，应该就是福临的母亲，庄妃布木布泰。为什么这样说呢？因为当时崇德五宫的五位后妃，一共才有两个儿子，一个是五岁的福临，另外一个才两岁，能否活下去还完全是个未知数。这样一来，能够代表崇德宫蒙古后妃利益的，只有福临一人而已。这不仅是庄妃本人的利益，更是蒙古贵族的利益所在。既然如此，在多尔衮和豪格两派势力斗争的情况下，要把福临推上皇位，应该联合谁，打击谁呢？当然是联合多尔衮，打击同为皇太极儿子的豪格。那么，庄妃又是如何跟多尔衮搭上关系的呢？我们看电视剧《孝庄秘史》，会发现编剧安排了一个青梅竹马的情节，这当然只是戏说，不是事实。更真实的纽带是，多尔衮的大福晋就是庄妃的堂姐妹。无论嫁给谁，她们都代表着科尔沁博尔济吉特氏的势力，是祸福相依的命运共同体。我觉得，庄妃走的应该就是大福晋这条内线，这才能说服多尔衮，炮制出这么一个方案来。想想看，能够在一片混乱之中，纵横捭阖，成全儿子，也成全自己和娘家，这就是庄妃的政治素质和政治能量。

就这样，次年，六岁的福临意外胜出，成了清朝第二任皇帝，年号顺治。多尔衮也因此成为最重要的辅政大臣。顺治元年（1644），就是在多尔衮的领导下，清兵入关，定鼎北京，实现了清朝历史的一大跨越。可是，政治舞台上的事情总是一波未平一波又起。顺治称帝，庄妃荣升皇太后，多尔衮呢，还只能是辅政大臣。这样白白替他人做嫁衣裳，多尔衮当然不能满意。而且，他的不满还有实力做支撑，随着时间的推移，他的势力越来越大了。顺治二年（1645），多尔衮的名号变成了皇叔父摄政王；顺治四年（1647），又免除了他入朝跪拜的礼仪。了解中国历史的人都知道，一旦辅政大臣到了赞拜不名①这个环节，也就离皇帝不远了。如何才能遏制多尔衮的勃勃雄心，让他别轻易产生取而代之的念头呢？

就是在这种情况下，出现了所谓"太后下嫁"的说法。当时，有一个反清复明的志士叫张煌言，写了一系列《建夷宫词》。所谓"建夷"，是指清朝本来出自建州女真，是"夷狄"，所以简称"建夷"。因此，《建夷宫词》就是写清朝宫廷的诗。这一组诗一共有十首，其中第七首最为引人注目：

上 寿 觞②为合卺③尊，慈宁宫里烂盈门。春官昨进新仪注，大礼恭逢太后婚。

———————

① 臣子朝拜帝王时，赞礼的人不直呼其姓名，而是只称呼他的官职。这是帝王给予大臣的一种特殊礼遇。

② 觞是古代酒器，有个成语叫一觞一咏，出自东晋王羲之的《兰亭集序》，形容古代文人赋诗饮酒的欢乐情景。

③ 卺是瓢，古人会把一个匏（páo）瓜剖成两个瓢，新郎新娘各拿一个用来饮酒，这就叫合卺。

什么意思呢？所谓"上寿觞为合卺尊，慈宁宫里烂盈门"，是说太后所居的慈宁宫里宾客盈门，人们纷纷捧起酒杯，祝贺一对新人合卺大婚。那么，到底是谁能够在太后的慈宁宫举行婚礼呢？后两句说："春官昨进新仪注，大礼恭逢太后婚。"主管礼仪的春官尚书昨天已经进奉了一套新的典礼规范，而这些典礼规范就是为了庆祝太后大婚。原来，举行婚礼的不是别人，正是孝庄皇太后本人，身为太后，居然还能再结婚，这是多么不同寻常啊！

她是跟谁结婚呢？好多证据都指向了多尔衮。比如，顺治五年（1648），多尔衮的封号居然从"皇叔父摄政王"改成了"皇父摄政王"，如果孝庄皇太后没有和多尔衮结婚，他怎么能称为"皇父"呢？事实上，这个重大改变不仅我们注意到了，当时的朝鲜使臣也注意到了。转过年来，顺治六年（1649）二月，清廷派使臣赴朝鲜递交国书，朝鲜国王见书中称多尔衮为"皇父摄政王"，就问使臣，这"皇父摄政王"是怎么回事啊？清使回答说："今则去叔字，朝贺之事，与皇帝一体也。"也就是说，从此之后，对多尔衮的朝贺和对皇帝的朝贺都一样了。听他这么解释，朝鲜的右议政郑太和说："敕中虽无此语，似是已为太上矣。"什么意思呢？虽然没有下敕书，看来多尔衮已经做了太上皇了。按照规矩，只有皇帝的爸爸才能叫太上皇，如果孝庄太后没有嫁给多尔衮，他又如何成为太上皇呢？

《建夷宫词》是一个证据，多尔衮封号的改变是第二个证据。还有第三个证据，保存在《清世祖实录》中，是顺治十七年（1660）顺治皇帝给自己死去的乳母李氏追封的一条谕旨。谕旨云："睿王摄政时，皇太后与朕分宫而居，每经累月，方得一见，以致皇太后萦（ying）

怀弥切。乳母竭尽心力，多方保护诱掖，皇太后惓念慈衷，赖以宽慰。"什么意思呢？多尔衮摄政的时候，孝庄皇太后和我分宫而居，常常好几个月才能见一面，皇太后特别不放心。幸好有这位李氏乳母细心保护我，皇太后才稍觉安慰。这话说得奇怪吧？孝庄太后和顺治皇帝一个是孤儿，一个是寡母，彼此感情最为深厚，既然都住在紫禁城，为什么好几个月才见一面？是不是因为太后下嫁多尔衮，多尔衮辖制太后，不让她见自己的儿子呢？

还有第四个证据。康熙二十六年（1687）十二月①，孝庄太后病逝，享年七十五岁。临终时，她遗命康熙，自己不与太宗皇太极合葬，而是要在顺治帝孝陵近地安厝②（cuò）。康熙也是孝庄太后一手扶持起来的皇帝，一向对祖母言听计从。可是，就算如此，这条遗命也让他为了难。直至康熙自己都去世了，他都没能将祖母灵柩（jiù）下葬，直到他的儿子即位，雍正三年（1725）十二月，才最终在清东陵③的风水墙外建陵安葬孝庄太后，称为"昭西陵"。清东陵一共葬有五位皇帝，十五位皇后，一百三十六位嫔妃，其他人全都在风水墙内，唯

---

① 康熙二十六年为 1687 年，孝庄太后病逝在农历十二月，按公历病逝时间则为 1688 年。

② 因为待葬或者要改葬，而暂时将死去之人的灵柩停放在某处。

③ 清太宗皇太极葬在沈阳城北十里，其陵墓被称为清昭陵。清朝入关后有两个帝王陵墓群，一个是清东陵，一个是清西陵。清东陵坐落在河北省遵化市马兰峪西，始建于康熙二年（1663），埋葬着顺治、康熙、乾隆、咸丰、同治五位皇帝以及相关的皇后、妃子等。清西陵位于河北省易县城西十五公里的永宁山下，始建于雍正八年（1730），埋葬着雍正、嘉庆、道光、光绪四位帝王以及相关的皇后、妃子等。孝庄太后的陵墓与清昭陵属于同一体系，且位置处于清昭陵西侧，所以被称为"昭西陵"。

独昭西陵在风水墙外，这也不免让人联想，是不是孝庄太后下嫁多尔衮，觉得不便见皇太极于地下呢？当然，相关的证据还不止这些，比如，1946 年，有一个叫刘文兴的人为一本题名为《皇父摄政王起居注》的书写了题跋①（bá），题跋里说，他的父亲刘启瑞曾经奉命在朝中库房翻阅档案，无意中发现顺治帝时孝庄太后下嫁摄政王的诏书，还曾上报过朝廷。只可惜随着岁月变迁，这份诏书已经不知所终了。

总之，有关太后下嫁，林林总总的证据颇为不少，好多学者都坚信这个说法，比如，已故中央民族大学的清史泰斗王钟翰先生就是这一观点的力主者。当然，也有一些学者认为，这些证据或者是诗文，不能当作正经史料看待，或者是间接证据，不具有绝对价值，因此不承认有所谓的太后下嫁之事。比如，另外一位已故的清史泰斗孟森先生，就持这种观点。看到这里，读者朋友一定会好奇，说了这么多，你怎么看待这个问题呢？我其实并没有任何超越前人的证据，但是，我还是觉得，太后下嫁应该是真的。

之所以如此，是因为，这既是传统，更是现实政治的需要。所谓传统，就是满洲旧俗中的收继婚。满洲旧俗把妇女视作财产，按照肥水不流外人田的原则，无论是兄死弟娶其嫂，还是父死子娶庶母，都是光明正大的事情，谁也不会觉得有什么不妥。当然，天聪九年（1635），皇太极受汉族的影响，曾经颁布一个诏令说，以后不能再娶伯母、婶婶和嫂子。可是谁都知道，移风易俗绝非一蹴而就的

① 题写于书画作品或书籍碑帖上的品评、考证、渊源等有关文字。书写在文前的叫作题，书写在文后的叫跋。

事情，不可能人人遵守，立刻执行。事实上，多尔衮斗倒豪格之后，还娶了他的福晋。按照辈分来看，豪格的福晋可是多尔衮的侄媳妇，既然他可以娶侄媳妇，为什么不能娶嫂子呢？事实上，不光是满洲，古代的少数民族乃至更早时期的汉族都曾经存在过收继婚的传统，在这种文化背景下，孝庄太后如果再嫁多尔衮，并不是一件惊世骇俗的事情，只是后来礼教收紧，人们才觉得难以接受罢了。

再看现实政治。当年的政治情势下，怎样才能让多尔衮既死心塌地为清朝卖命，又不去夺取小皇帝顺治的皇位？太后下嫁其实是最好的选择。既然孝庄太后都成了多尔衮的妻子，那么，顺治也就是多尔衮的儿子，特别是在多尔衮自己本身无子的情况下，这种父子关系就会更为牢靠。古代中国只有儿子等不及，跟父亲抢皇位的先例，哪有父亲等不及，非要抢儿子江山的道理呢？既然都是夫妇父子的关系了，顺治的江山也就如同多尔衮自己的一般，为自己的江山奋斗，多尔衮又怎么可能不尽力呢？这就跟当年辽圣宗的母亲萧太后在丈夫辽景宗死后，立刻委身重臣韩德让是一个道理，当年，韩德让不也因此对辽圣宗死心塌地，全力辅佐吗！个人觉得，有了这样的需求，不由得孝庄太后不嫁。虽然，这下嫁未必像《建夷宫词》所写的那样热闹，更未必下过明确的诏书，但是，孝庄太后一定有办法将多尔衮和自己捆绑在一起，因为只有这样，才有娘家的利益，也才有儿子的江山。

如果这种猜测成立，那么，所谓太后下嫁，并不像电视剧所表现的那样，是出于对多尔衮的情，恰恰相反，孝庄太后做此抉择，其实是出于对儿子的爱。这是深沉的母爱，更是清明的政治理性。事实上，孝庄太后不仅在下嫁这个问题上表现出了政治理性，在顺治死后选择八岁的康熙接班，以及在顺治和康熙少年时代坚决不垂帘听政等抉择上，也都表现出了同样清明的政治理性。也正因为如此，清朝才能在接连出现两位年幼君主的情况下，仍然能够保持政局的稳定和社会的发展，直至诞生中国古代历史上最后一个盛世——康乾盛世。

　　谈到中国古代的女政治家，我们很容易把目光集中在那些出头露面的女性身上，比如，君临天下的武则天，或者垂帘听政的慈禧。但事实上，躲在背后未必没有躲在背后的能量，就像很多最严肃的政治问题，不妨通过最温柔的情感方式解决一样。审时度势，以柔克刚，这就是孝庄太后的智慧。

【思考历史】

◇ 孝庄太后没有垂帘听政，那她如何保证年幼的康熙能掌控朝堂？她还有哪些具有政治智慧的做法？

◇ 对比孝庄太后和慈禧太后，思考这两位太后有何不同，为何人们对她们的评价差异巨大？

秋瑾

　　本书最后一篇的主人公，是鉴湖女侠[①]秋瑾。为什么要用秋瑾来收尾呢？一方面是因为秋瑾生活在清朝末年，代表着中国古代社会的终结；另一方面，也是因为，秋瑾是我内心最为敬仰的女性，一直都是。好多年来，总有各种各样的人问我，你最欣赏的女性历史人物是谁？我猜想，当我讲皇帝序列的时候，人们期望我回答武则天；当我讲古典诗词的时候，人们又期望我回答李清照。毫无疑问，武则天和李清照都是女性杰出的代表，她们分别代表着古代女性在政治领域和文化领域的最高成就，让我写起来都觉得笔底生风，仿佛与有荣焉。但是，一直以来，我的答案既不是武则天也不是李清照，我的答案一直都是秋瑾，只有秋瑾，也必须是秋瑾。为什么呢？因为和之前的二十七位女性相比，秋瑾和我们更像。她不再必须是谁的女儿，或者谁的妻子，她就是一个独立的个体。在新旧两个世界交替之际，她曾经为了追求独立和解放，而在群和己、家和国之间反复徘徊，反复挣扎。也正是

---

① 秋瑾号竞雄，被称为鉴湖女侠。

齐白石 《菊花》 ◎

因为有了以她为代表的那些女性先驱的奋斗牺牲，我们才有了今天的成就与尊严，也才能坦然地回顾历史，回顾三千年来女性的坎坷旅程。所以，我们就以这一篇来致敬秋瑾，致敬这个近代民主革命和女权运动的先行者。用什么致敬呢？用秋瑾的一阕词和一首诗。

这一阕词是《满江红·小住京华》。词云：

小住京华，早又是中秋佳节。为篱下黄花开遍，秋容如拭。四面歌残终破楚，八年风味徒思浙。苦将侬强派作蛾眉①，殊未屑！身不得，男儿列；心却比，男儿烈。算平生肝胆，因人常热。俗子胸襟谁识我？英雄末路当磨折。莽红尘何处觅知音？青衫湿！

什么意思呢？我在京城小住，转眼间就又到了中秋佳节。篱笆下的菊花都已盛开，秋天展露出更加明净的容颜，仿佛人们刚刚擦洗过的脸。四面楚歌声中，我终于突破了家庭的牢笼。八年的婚姻生活过去了，我留下的只有对故乡浙江的思念。这些年来，他们苦苦地想让我做一个贵妇人，而我对此又是多么不屑！

我虽然不能身为男子，加入他们的行列；但是我的内心，却要比男子还更刚烈。我的侠肝义胆，总是因为国家和民族的命运而起伏

---

① 女子美丽的眉毛就像蚕蛾的触须一样细长而弯曲，古人用"蛾眉"指代女子。"须眉"指胡须和眉毛，用来指代男子。

不平、激昂热血。凡夫俗子的狭窄胸怀，怎么能够理解我？英雄在穷途末路的时候，也难免要经受磨难挫折。莽莽红尘，到底哪里才有我的同道之人？四顾苍茫，不由得让我泪湿青衫！

为什么要跟大家分享这首词呢？因为这涉及秋瑾跟家庭的矛盾冲突。秋瑾写这首词的时候是在北京。本来，秋瑾祖籍浙江，长大之后嫁在了湖南。但当时，她的丈夫王廷钧捐了一个户部主事的官职，秋瑾也就跟他一起到北京生活。当时已经是十九世纪末二十世纪初，国步艰难，北京思想界也空前活跃。秋瑾是一个从小就读书舞剑的奇女子，到了北京这个国家政治的风暴眼，又接触了吴芝瑛①等思想进步的社会名流，一下子仿佛如鱼得水。可是，她的丈夫王廷钧却是一个保守的旧式小官僚，追不上妻子前进的步伐，两人之间的距离越来越大。到 1903 年，因为一件小事，两个人的矛盾一下子爆发了。

那一天，王廷钧让秋瑾准备酒菜，他要带同僚回家吃饭，秋瑾也按要求做好了准备。结果，王廷钧临时又被人叫去吃花酒，并没有回家。秋瑾很不高兴，郁闷之中，自己也跑出去看戏了。当时的戏园子还不接待女客，所以，秋瑾也就扮了个男装。但是，她扮得过于马虎了，谁都能看出来，这位看戏的"爷"其实是一位娘子。这当然是出位之举，一下子就引爆了当时的舆论场。要知道，当时王廷钧是朝廷里的户部主事，秋瑾也因此被封为四品的恭人，身为朝廷命妇，却这样不知检

---

① 当时的进步女性，总是公正直言，反对清朝的独裁专制，倡导民主和男女平权，为近代中国的民主革命事业做出诸多贡献。她和秋瑾是密友，曾支持秋瑾去游学，并在秋瑾死后冒着风险为她收敛尸骨并安葬。

点，王廷钧很是恼火，回家就骂秋瑾辱没门风，还出手打了她两下子。秋瑾可不是任人摆布的软柿子，丈夫一动粗，秋瑾早就酝酿着的不满情绪一下子爆发了。她毅然离开王家，并且写下了这首《满江红》。

这首词其实就是一篇离婚宣言。她离开家的理由到底是什么？其实并不只是王廷钧的家暴，也不是任何一件具体的事情，而是"俗子胸襟谁识我？英雄末路当磨折"。对她来说，王廷钧就是一个不可理喻的俗物，根本不能理解她的抱负。她已经忍受了八年，再也不想忍受下去了。

那么，到底应该怎么看待这一场离婚案呢？其实，公道地说，王廷钧并不是一个一般意义上的坏人。此人出身于湖南的一个富商家庭，家有良田万亩，又开了若干当铺。当年，王廷钧的父亲王黻（fú）臣送给儿媳秋瑾的结婚礼物就是湘潭城里的一间当铺，这在当时也算轰动一时。王廷钧本人比秋瑾小两岁，长得白皙英俊，读书有悟性，当时号称翩翩公子。王公子并不是一个刚愎自用的人，他对妻子的才华一直赞赏有加，每次听到外人赞赏秋瑾，他都是红光满面，深以为傲。更难得的是，王廷钧在家庭大事上对秋瑾一直言听计从。秋瑾希望见更大的市面，王廷钧就去捐官，到京城当吏部主事；秋瑾舍不得离开娘家亲人，王廷钧就把老丈人和大舅子都接到湘潭定居，还促成两家合股，开设"和济钱庄"。从这两件事就可以看出，无论是个人前途还是家庭安排，秋瑾都能当家立纪，这在当时，也算是难能可贵了。如果是一般的女性，有这样的丈夫，应该不会有什么不满。可是，秋瑾并不是一般女性，她有着超出当时一般女性的抱负和理想。

秋瑾的抱负，并不是传统女性追求的夫妻和顺，家庭幸福，而是为国家民族的前途命运出力。这就是秋瑾词里所说的"算平生肝胆，因人常热"。生在时代鼎革之际，她有一颗英雄的侠肝义胆，这肝胆让她看到了家庭之外的社会状况。当时，戊戌变法已经失败了，清朝正是保守主义当道，而且，因为义和团运动失败，清朝又跟列强签订了《辛丑条约》[①]，光是战争赔款，不算利息，就多达四亿五千万两白银，相当于每个中国人都要赔偿一两。这样内外交困的局面，亡国灭种的危机让秋瑾根本无心沉醉在小家庭的幸福之中，而是每每为了国家的命运热血沸腾。可是，在中国的文化传统里，女性是属于家庭的，并没有社会身份，就连秋瑾的本名，也叫秋闺瑾。她就算是一块美玉，也只能安放在闺房[②]之中；而心怀天下，是专属男子的事业。人们习惯于看一个男子壮怀激烈，以天下为己任；但是，却很难接受一个女性抛家舍业，哪怕是为了造福社会。这样的冲突让秋瑾痛苦不已，所以，她才会说："身不得，男儿列；心却比，男儿烈。"会说："苦将侬强派作蛾眉，殊未屑！"

　　一个女人，究竟首先是一个人，还是一个女？她到底是属于家庭，还是同样也属于社会？我们今天也许可以说，这并不矛盾啊！一个女人，当然可以既是一个人，又是一个女，她既可以属于家庭，也可以属于社会。但是别忘了，今天我们能这么想，这么做，恰恰是秋瑾她们这些先驱誓死奋斗的结果。秋瑾当时不能这么想，也不能这么做。摆在她面前的，是一道二选一的选择题。她最终的决定是和家庭决裂，

[①] 八国联军攻占北京后强迫清政府订立的丧权辱国的条约。

[②] 妇女的梳妆室、卧室或私人起居室。

去往天涯海角，去寻找茫茫红尘之中的知音之人。也就是在这个背景之下，1904 年，秋瑾东渡日本，从此开始了鉴湖女侠的革命生涯。

这次东渡的成果之一，就是这首慷慨悲壮的《对酒》：

bù xī qiān jīn mǎi bǎo dāo　diāo qiú huàn jiǔ yě kān háo
不惜千金买宝刀，貂裘换酒也堪豪。
yì qiāng rè xuè qín zhēnzhòng　sǎ qù yóu néng huà bì tāo
一腔热血勤珍重，洒去犹能化碧涛。

什么意思呢？我不吝惜千金去买一把宝刀，用貂皮换酒也算得上英豪。革命者的一腔热血要勤加珍重，等到挥洒出去，也一定要化作滚滚碧涛。

跟此前那首《满江红》相比，这首《对酒》在基调上有什么不同吗？当然不同。那首《满江红》雄壮归雄壮，但通篇都写满了痛苦和不平；而这首《对酒》，却洋溢着一种真正的豪情和快乐。为什么呢？因为这首诗写在 1905 年，当时，秋瑾已经完成了在日本的考察，刚刚回到中国，在好友吴芝瑛家中欢宴。秋瑾的日本之行其实只有短短一年。但是，就在这一年之间，她结识了孙中山、徐锡麟、黄兴等革命志士，参加了三合会、光复会等一系列革命组织，而且，还创办刊物，宣传妇女解放。甚至连名字，也从"秋闺瑾"改成了"秋瑾"，字"竞雄"，别号"鉴湖女侠"。换言之，经过这一年的历练，秋瑾已经完成了脱胎换骨的变化，变成一个新人了。而为她设宴痛饮的吴芝瑛也是一位侠女，她曾经送给秋瑾一副对联："今日何年，共诸君几许头颅，来此一堂痛饮；万方多难，与四海同胞手足，竞雄世纪新元。"能够写出这样的壮语，可见内心也是英雄了得。侠女重逢，革命有望，让秋瑾内心兴奋不已。宴会之中，她拿出在日本购买的倭刀，拔刀起舞，舞罢赋诗，赋的就是这篇慷慨豪迈的《对酒》。

这首诗豪迈在哪里？看前两句："不惜千金买宝刀，貂裘换酒也堪豪。"千金买刀的事情古代有没有？当然有。《水浒传》里，林冲买刀，杨志卖刀，都是重要的情节。北朝的民歌里还有一首《琅琊王歌辞》："新买五尺刀，悬著（zhuó）中梁柱。一日三摩挲（mó suō），剧于十五女①。"把新买的大刀看得比十五岁的少女还重，这还不够豪迈吗！可是，壮士爱刀也就罢了，那是他们行走江湖、建功立业的工具，这工具可以帮助一个侠客行侠仗义，如同贾岛所说的那样："十年磨一剑，霜刃未曾试。今日把示君，谁有不平事？②"也可以号令天下，赢得至尊的江湖地位，如同金庸在《倚天屠龙记》中所说的："武林至尊，宝刀屠龙。号令天下，莫敢不从。倚天不出，谁与争锋！"还可以让一个战士奋勇杀敌，突出重围，像李白所说的"城头铁鼓声犹震，匣里金刀血未干③"。但无论如何，它不曾属于女子。所以，这两句诗由女子的口中讲出，就不仅是豪迈，而且是新奇，不仅是新奇，而且是震撼。"貂裘换酒也堪豪"又何尝不是如此呢！古代喜欢名士风流，李白"五

---

① 把新买的刀悬挂在中梁柱上，一天反反复复抚摸，（对它的喜爱）比爱一个少女还要剧烈。

② 出自唐贾岛的《剑客》。十年辛苦磨出一柄利剑，剑刃如霜，锋芒未试。今日拿剑示人，看谁有不平之事？

③ 出自唐李白《军行》："骝（liú）马新跨白玉鞍，战罢沙场月色寒。城头铁鼓声犹震，匣里金刀血未干。"

花马，千金裘，呼儿将出换美酒①"没有问题，苏轼"酒酣胸胆尚开张，鬓微霜，又何妨②"也没有问题，但秋瑾是一个女子，就算喝酒，也应该止于浅斟，最多也就是像李清照那样，"三杯两盏淡酒，怎敌他，晚来风急③"而已，怎么会喝到"貂裘换酒也堪豪"的程度呢？很明显，这个女子，并不是一般的女子，她的内心，原本就是一位壮士。

那么，这位壮士喝酒，是要浇怎样的块垒；这位壮士买刀，又是要指向何方呢？看后两句："一腔热血勤珍重，洒去犹能化碧涛。"这一联诗，用的是《庄子·外物》篇中苌（cháng）弘化碧的典故。苌弘是周朝的大夫，尽忠于周朝，却被奸臣陷害，被迫自杀而死。他死后三年，鲜血化为碧玉。自此之后，"碧血"就成了烈士为祖国流血的代名词。原来，秋瑾纵酒买刀，不是为了功名，更不是为了耍酷，她那是在准备为国牺牲，哪怕她的牺牲像苌弘一样，根本得不到时人的认可。这是何等满腔热忱，又是何等动人心魄呀！事实上，就在这首诗写过两年之后，1907 年，秋瑾准备在绍兴大通学堂起义，不料计划泄露，她拒绝出逃，坚守大通学堂，最终被俘，英勇就义。秋瑾牺牲之时，她的身份是罪人，这一点恰如苌弘蒙冤；秋瑾牺牲之后，被尊奉为烈士，这一点，又恰如苌弘碧血。看到这里，可能有读者朋友会说，这不是写诗成谶④（chèn）了吗？其实，这不叫写诗成谶，这

① 出自唐李白《将（qiāng）近酒》。

② 出自北宋苏轼《江城子》。

③ 出自南宋李清照《声声慢》。

④ 此处化用的是成语"一语成谶"。"谶"是预示吉凶的隐语。"一语成谶"指一些不吉利的预言或者戏谑之言竟然真实发生了。

应该叫言出必行。生活中，我们常常会看到言论的巨人，行动的矮子，但秋瑾不同，她是一个完整的巨人，令人高山仰止。

我为什么要跟大家分享这首诗呢？因为这首诗代表近代女性的另一个出发点和另一个归宿。传统女性的出发点和归宿都是家庭，哪怕是花木兰和梁红玉这样的战争英雄也莫不如此。花木兰从军是替父，梁红玉擂鼓则是助夫。她们英雄行为的动力来自家庭需要，她们行为的合法性来自家庭身份，她们最终的归宿也只能是回到家庭角色。所以，花木兰在从军十年之后，也必须是"可汗问所欲，木

安庆起义

1905 年，光复会成员徐锡麟与陶成章在浙江绍兴创办大通学堂。

次年，为了在清政府内部进行革命活动，徐锡麟捐了一笔钱，成了清政府的道员，被派往安徽试用，任巡警处会办兼安庆巡警学堂监督。

徐锡麟与秋瑾以大通学堂和巡警学堂为据点，联络有志之士，悄悄发展壮大，计划 1907 年在安徽、浙江两省同时起义。徐锡麟负责在安庆起义，秋瑾则负责在浙江响应。

但不幸的是，谋划过程中，起义消息不小心泄露，7 月徐锡麟仓促起义，被清军击败。秋瑾在大通学堂被捕，慷慨就义。

兰不用尚书郎，愿驰千里足，送儿还故乡①"。这耳熟能详的诗句背后，除了有木兰的恬淡之外，是不是也有木兰的无奈呢？由内而外，因家而国并不是不好，但如果女性只能这样选择，却一定是不足够好。这样比较起来，秋瑾这首《对酒》的意义就不言自明了。她买刀纵酒、抛头洒血并不是因为家庭变故，而是因为祖国沉沦。她以一个独立个体的身份感受着迫在眉睫的亡国之痛，她也要尽一己之力力挽狂澜。她需要援助，只是她的后援不再是传统意义上的父子兵、夫妻档，她寄予希望的，是志同道合的知音、同志。事实上，为了实现这样的人生价值，她甚至干脆抛弃了家庭，哪怕是一个看起来还不错的家庭。

可能有读者朋友会疑惑，你说这些，难道是要让女性不顾家庭吗？当然不是。一个女性，可以选择为家尽力，也可以选择为国尽忠，更可以像今天的大多数人那样，选择家国兼顾。但选择的前提是社会环境允许你选择，个人也拥有独立的意志、独立的能力，能够坦然地做出选择。只有同时具备这两个条件，女性才能既发挥着自己在家庭和社会中的双重作用，也能发自内心地接纳和欣赏自己的性别，否则，就只能像当年的秋瑾感慨的那样："苦将侬强派作蛾眉，殊未屑！"

回到最开始那个话题中来，我为什么由衷地敬仰秋瑾？因为秋瑾是一个开创新时代的女性，她不再是必须有替父的理由才能从军的花木兰，也不是只能为国家沦亡哀哀哭泣的李清照。她不仅能爱家也能爱国，她不仅会流泪也敢流血，她身上带着旧时代的影子，但她更多地披上了新时代的霞光。这霞光如今沐浴在我们每个人身上，感谢

---

① 出自北朝民歌《木兰诗》。

从娥皇女英那个时代一路走来的先辈女性，感谢她们心怀锦绣，口吐芬芳；感谢她们雄心勃勃，奋斗不止；感谢她们留下来的每一个脚印，让我们思所将往，知所从来。

【思考历史】

◆ 和秋瑾一样为了这个国家牺牲的女性，还有哪些？去了解她们壮阔的一生吧！

◆ 鲁迅的《药》和像秋瑾一样就义的革命烈士有关，读一读，说一说自己的感受。

图书在版编目（CIP）数据

腹有青史言有章：蒙曼讲古代人物．宋元明清 / 蒙曼著 . -- 长沙：湖南文艺出版社，2025.8. -- ISBN 978-7-5726-2404-9

Ⅰ . K820.2-49

中国国家版本馆 CIP 数据核字第 2025MZ8955 号

上架建议：少儿·传统文化

FU YOU QINGSHI YAN YOU ZHANG: MENG MAN JIANG GUDAI RENWU. SONG YUAN MING QING

腹有青史言有章：蒙曼讲古代人物．宋元明清

著　　者：蒙　曼
出 版 人：陈新文
责任编辑：匡杨乐
监　　制：李　炜　张苗苗
策划编辑：张苗苗
特约编辑：张晓璐
营销支持：付　佳　杨　朔
版式设计：梁秋晨
封面设计：霍雨佳
内文排版：梁秋晨
出　　版：湖南文艺出版社
　　　　　（长沙市雨花区东二环一段 508 号　邮编：410014）
网　　址：www.hnwy.net
印　　刷：北京嘉业印刷厂
经　　销：新华书店
开　　本：680 mm × 955 mm　1/16
字　　数：123 千字
印　　张：10.25
版　　次：2025 年 8 月第 1 版
印　　次：2025 年 8 月第 1 次印刷
书　　号：ISBN 978-7-5726-2404-9
定　　价：42.80 元

若有质量问题，请致电质量监督电话：010-59096394
团购电话：010-59320018